우시장의 오후

곽흥렬 수필집

우시장의 오후

초판 1쇄 인쇄| 2013년 7월 15일
초판 1쇄 발행| 2013년 7월 20일

글쓴이| 곽흥렬
펴낸이| 장호병
펴낸곳| 북랜드
      135-936 서울 강남구 역삼동 832-7 황화빌딩 1108호
      대표전화 (02) 732-4574 | (053) 252-9114
      팩시밀리 (02) 734-4574 | (053) 252-9334

등 록 일| 1999년 11월 11일
등록번호| 제13-615호
홈페이지| www.bookland.co.kr
이-메 일| bookland@hanmail.net

책임편집| 김인옥
영   업| 최성진

ⓒ 곽흥렬, 2013, Printed in Korea

ISBN 978-89-7787-585-2 03810

* 이 책은 한국문화예술위원회(아르코) 문학창작기금 수혜작품집입니다.

값 12,900 원

우시장의 오후

곽흥렬 수필집

북랜드

네 번째 수필집을 내놓으며

또 어쭙잖은 짓을 저지르고 말았습니다.

작품집 한 권 묶어내는 데 자그마치 열 그루가 넘는 아름드리나무들이 베어져야 한다고 들었습니다. 이 수필집이 그 아까운 나무 값이나마 제대로 할 수 있을지 적이 저어됩니다. 단 한 사람에게라도 마음에 울림을 주고, 더불어 그와 영혼의 교감을 나눌 수 있다면 육보시한 나무한테 조금은 덜 미안할 것도 같습니다.

여기에 실린 편 편들은, 삼십 년이라는 짧지 않은 세월을 오로지 수필과 같이 살아 온 내 삶의 자취이며 밤마다 소리 없는 목소리로 운 나의 내밀한 울음입니다. 때로는 혼잣말로, 때로는 노래로 또 때로는 외침으로 세상을 향해 쏟아 놓고 싶었던 이야기들입니다. 그리고 내가 세상과 소통하는 방식이며, 여직 살아 있음의 증거입니다.

다섯 형제자매를 건사하느라 우시장에서 푸른 세월을 고스란히 불사르신 아버지에게 헌사하는 심정에서 「우시장의 오후」를 표제작으로 삼았습니다. 십칠 년 전 어머니와 사별하고 홀로 늘그막의 외로움을 달래며 조용히 생의 끝자락을 마무르고 계시는 당신에게 조그마한 위로가 되었으면 합니다.

이 수필집이 세상에 나올 수 있도록 전적으로 경제적 지원을 해 주신 한국문화예술위원회에 고개 숙여 감사드리며, 한결같이 창작의 든든한 응원군이 되어주는 아내와 두 아이에게 사랑한다는 말을 전합니다.

끝으로 미지의 독자 여러분들과 『우시장의 오후』로 인연하여 함께 추억여행을 떠날 수 있었으면 하는 소망을 갖습니다.

2013년 여름날
송림포곡재에서 곽 홍 렬

차례

2 · 우시장의 오후

3 · 해우소 가는 길

4 · 생각의 모래알을 줍다

5 · 인생을 마무르는 길

1

고독한 단독자

마음의 나이

　내일모레가 동지다. 한 해가 시간의 열차를 타고서 또 이렇게 역사의 뒤안길로 사라져 가는가 보다. 12월의 끝자락에 서고 보니, 아무것도 이룩해 놓은 것 없이 공연히 마음만 바빠온다.

　동짓날이 되면 어머니는 꼭두새벽에 일어나 팥죽을 쑤셨다. 동지팥죽 한 그릇 먹을 때마다 한 살씩 나이를 먹는다고 했다. 나이 먹는다는 그 말에 혹해 팥죽을 몇 그릇이나 비웠다. 그러고 나면 나이와 함께 키도 훌쩍 큰 것 같은 기분이었다.

　어린 시절에는 나이 먹은 것이 그렇게 좋아 보일 수가 없었다. 어서 나이를 먹어 어른이 되고 싶었다. 어린아이들한테는 이것저것 하라는 요구도 많고 하지 말라는 통제도 많은 것 같아서였다. 빨리 어른이 되어 어른이 하는 것들을 해 보고 싶었다. 어른들만이 누리는 그 자유가 부러웠다.

동지가 가까워오면 하루가 다르게 밤이 길어진다. 밤이 긴 것이 또 그렇게 좋을 수가 없었다. 해만 빠졌다 하면 저녁술을 놓기가 무섭게 약속이나 한 듯 친구 집 사랑방으로 모여들었다. 어른들의 눈을 피해 가며 윷놀이도 하고 화투치기도 즐겼다. 머리 맞대고 숙제도 함께 했다. 내남없이 가난에 절어 있었던 시절, 긴긴 겨울밤 변변한 군입 다실 거리 하나 없었어도 또래끼리 모여서 보내는 그 밤이 그저 행복했었다.

한 해 두 해 나이테가 감겨 가면서 이제 동지팥죽 먹는 일이 자꾸만 겁이 난다. 밤이 길어 가는 것도 점점 싫어진다. 팥죽 먹고 나이 들면 어쩔 수 없이 늙어져서 병마가 찾아오기 마련이고, 또한 우리네 인생살이를 하루의 시간으로 따졌을 때 밤은 곧 죽음과 맞닿아 있는 시점이라는 생각 때문이다.

하지夏至만 넘어서고 나면 벌써 슬슬 걱정이 앞선다. 겨울이 되려면 아직 몇 달이나 남았음에도, 다가올 동지섣달을 또 어떻게 날까 하는 염려가 미리부터 마음을 옥죈다.

하지만 생겨나고 없어지는 것이 대우주의 이법임을 어쩔 것인가. 지구가 태양을 돌며 끊임없이 밤과 낮이 갈마들듯 삶과 죽음은 영원한 순환을 계속하는 것인 것을…….

자연의 나이는 언제나 한결같은 빠르기로 흐르건만 심리적 나이는 세월 따라 바뀌어 간다. 십대는 십 킬로, 이십대는 이십 킬로……, 오십대는 오십 킬로, 팔십대는 팔십 킬로의 속력으로 달린다는 이야기처럼, 이제 중년을 넘어 서서히 지나온 삶의 그림자가 길어 갈수록 심리적 나이에 가속도가 붙는 것이 느껴진다.

영원히 피터 팬이고 싶다. 비록 육신의 나이는 들어갈지라도 마음의 나이는 언제나 청춘이고 싶다.

'겨울이 오면 봄은 멀지 않으리.'

이렇게 읊은 셸리의 시 구절을 머릿속으로 되뇌며, 이 겨울을 슬기롭게 나야겠다고 마음을 다진다.

 거기가 어디라고

인연으로밖에는 달리 설명할 길이 없을 것 같다.

지난해 이맘때쯤이었다. 태평양 바다 건너 미국에서 낯모르는 한 통의 편지가 날아들었다. 느닷없이 전해져 온 전자우편이었다. 그 편지에는 이렇게 씌어 있었다.

'감명 깊은 글 잘 읽었습니다. 저는 미국에 사는 교포인데 선생님께 글쓰기를 배우고 싶습니다.……'

모 일간신문에 쓴 칼럼을 통해 서로 간 영혼의 교감이 이루어졌던 모양이다.

지도를 펼쳐 놓고 미국이라는 나라를 짚어 본다. 내 보금자리가 있는 이곳에서 자그마치 이만 오천여 리, 초음속 여객기로도 장장 열두 시간이 넘어 걸리는 머나먼 거리가 아닌가. 그 엄청난 거리를 이메일 편지는 순식간에 날아왔을 것이다. 편지를 보고 있으려니 불현듯 김춘수 선생의 시 한 수가 떠올랐다.

광복동(光復洞)에서 만난 이중섭(李仲燮)은/머리에 바다를 이고 있었다./동경(東京)에서 아내가 온다고 (중략)
바다가 잘 보이는 창가에 앉아/진한 어둠이 깔린 바다를/그는 한 뼘 한 뼘 지우고 있었다.
— 「내가 만난 이중섭」 중에서

목젖까지 차오른 가난의 고통을 이기지 못해 일본으로 떠난 아내에 대한 이중섭의 절절한 그리움을 시인은 이렇게 그리고 있다. 만일 시인이 이 시를 쓰기 전에 이메일을 알았더라면 '한 뼘 한 뼘 지우고 있었다.' 같은 표현은 나오지 않았을는지도 모른다. 초 광속으로 전해지는 저쪽의 소식을, 시에서처럼 한 뼘 한 뼘 지우며 기다릴 필요가 없어졌기 때문이다.
참으로 편리한 세상이 되었다. 보름씩, 한 달씩 걸리던 거리를 이메일은 단 몇 초 만에 데려다준다. 예전 같았으면 감히 상상도 못할 일이다.

축지법을 쓰는 유일한 존재가 신이었다. 제사를 지낼 때 아무리 이곳저곳으로 장소를 바꾸어도 죽은 조상은 귀신같이 찾아온다는 말을 했었다.

현대문명의 발달에 힘입어 이제 인간도 신처럼 축지법을 쓰는 시대가 되었다. 광속보다 빠른 것이 '생각이라고 하지만, 이 생각 못잖게 빠른 것이 이메일 편지가 아닌가 한다. 실시간으로 주고받으며 대화를 나눌 수 있으니 얼마나 신통방통한 의사소통 수단인지 모르겠다. 편리란 대체로 부정적인 의미로 다가오지만 이런 편리는 얼마든지 있어도 그리 나쁠 일은 없겠다 싶다.

매월 초하루와 보름이 되면 어김없이 바다 건너 이역만리의 소식을 담은 안부와 함께 퇴고를 부탁하는 작품이 넘어온다. 그래서 그때만 가까워오면 은근히 이메일 편지가 도착했으면 하고 기다려진다.

거기가 어디라고…… 참으로 우리는 지금 지구촌 시대의 축복을 누리며 살고 있다.

고독한 단독자

부부란 본시 그런 것 같다. 별 대수롭잖은 데서도 일쑤 서로 의견이 팽팽히 맞설 수 있는 상대가 부부인가 보다. 평소 깨가 쏟아질 듯 알콩달콩 뜻이 맞다가도, 이따금씩 공연한 일로 다시는 안 볼 것처럼 싹 토라져 버리곤 한다. 이럴 땐 생판 남처럼 낯설게 느껴진다. 그래서 부부간을 일러 무촌이면서도 가장 먼 촌수 사이라고 하는지 모르겠다.

스승의 날을 앞두고 우리 부부는 선물 문제로 티격태격 입씨름을 했다. 서로의 뚜렷한 견해 차이를 확인하고는, 씁쓰름한 마음에 끓어오르는 감정의 부글거림을 감출 수가 없었다.

아내의 의견은 이랬다. 이왕 하는 선물, 값이 어느 정도 선은 되는 걸로 골랐으면 좋겠다는 것이 그의 지론이었다. 그래야 체면이 서지 않느냐는 것이다.

그 말에 나는 대뜸 "선물이란 액수의 크고 작음을 떠나서 정성이 중요하지 그까짓 체면 따위가 뭐 그리 대수인가." 평소 간직해 온 곰팡내 나는 명분론을 들먹이며 아내의 견해를 가로막았다.

아내는 "솔직히 말해 값나가는 것이 더 낫지 무슨 케케묵은 정성 같은 소리 하고 있어요?"라며 당초의 주장을 굽히지 않았다. 그러면서 왜 좀 더 자기 자신에게 정직하지 못하느냐고 면박을 주었다.

아내의 핀잔을 듣는 순간, 나는 그만 감정이 울컥해져서 채신없이 그의 속물근성을 들먹이고 나섰다. 배울 만큼 배운 사람이 어찌 생각하는 것이 그 정도밖에 안 되느냐며 자존감에 상처를 입히고 말았다. 아내도 평상심을 잃은 듯 급기야 나를 겉 다르고 속 다른 위인爲人이라고 몰아붙였다.

처음엔 단순한 견해 차이로 시작된 다툼이, 목소리가 높아지면서 나비효과를 불러와 차츰 인신공격으로까지 증폭되어 갔다. 이 감정의 골이 메워지고 다시 종전從前의 일상으로 돌아가려면 서로 간에 한 얼마 동안이나 자숙의 시간을 가져야 할까.

"인간은 신 앞에 선 단독자이다."

철학자 키에르케고르 선생이 『죽음에 이르는 병』에서 설파했던 이 말이 오늘처럼 절실히 다가온 때가 없었다.

'네가 나를 모르는데 난들 너를 알겠느냐.'

어느 유행가 가사 한 소절이 새삼 울림을 준다.

정말이지 그런 것 같다. 나 자신도 내 마음을 모르거늘 세상의 그 누가 내 마음을 알 수 있단 말인가, 심지어 수십 년씩이나 서로 살을 섞고 살아 온 옆지기조차도.

인간 존재란 어차피 너 나 없이 고독한 단독자인가 보다.

겨울에 옷을 벗는 나무

'나무는 왜 하필이면 겨울에 옷을 벗는 것일까?'

겨울나무를 눈여겨 바라본 사람이라면 아마 다들 그럴 것이리라. 굳이 철인哲人이나 사상가가 아니어도 누구든 한두 번쯤은 이 같은 의문을 품어 보았음직하다.

해마다 가을이 깊어지고 나무들이 낙엽을 죄 쏟아버리고 나면, 내게는 그러한 궁금증이 연례행사처럼 찾아온다. 뭇 생명들이 하나같이 두툼한 털옷을 겹겹이 껴입고서 바짝 자라목을 하는 계절에, 유독 나무들만은 내쳐 입고 있던 옷을 훌훌 벗어던지는 까닭이 대체 무엇일까. 어린아이 적의 호기심으로 그연유를 캐묻고 싶은 마음이 불현듯 발동하곤 한다.

생각해 보라, 찌를 듯이 강렬하던 태양빛의 세력마저 혹독한 동장군의 기세에 눌려 무력해지는 겨울철 내내 여름날의 그 무성하던 잎들을 줄곧 그대로 달고 섰다고 만일 그렇다면, 오로지 여윈 햇살 하나 의지하고서 이 버거운 시절을 근근이 버텨내야 하는 생명체들이 얼마나 더 혹독한 시달림을 받아야 할 것인가.

그렇잖아도 이 계절만 오면 평소 멀쩡하던 사람들조차 조금씩 기분이 우울해지게 마련이다. 이치가 그러하거늘, 거기에다가 햇빛까지 차단을 당한다면 마음의 병은 더욱 깊어질 게 뻔하지 않은가. 북유럽 사람들에게서 이러한 증상이 유달리 흔한 것도, 겨울철이면 숙명처럼 겪어야만 하는 극야極夜 현상이 사람의 심신을 잔뜩 가라앉혀 놓기 때문일 것이다.

우울한 기분을 다스리는 데는 그 무엇보다 쨍쨍한 햇빛이 특효약이다. 항우울제 같은 인공의 치료약은 부작용이 있지만 이 자연의 치료약은 부작용도 없다. 햇빛은 신이 빚어내는 가장 완전한 마음의 치유제이다.

아마도 그래서이지 싶다. 유럽 사람들의 햇빛 사랑은 거의 신앙에 가깝다. 어쩌다 잠시잠깐씩 얼굴 드러내는 한줌의 겨울 해를 아쉬워하며, 도심 언저리의 공원이나 숲을 찾아 비

키니 차림을 한 채 일광욕을 즐기고 있는 선남선녀들의 모습을 보는 일이 그리 낯설지가 않다. 정신과 치료의 태반이 강렬한 빛을 쬐어 주는 지극히 단순한 처방이란 이야기를 어디선가 들은 것 같기도 하다. 그러기에 어쩌면 겨울나무야말로 이 시절의 훌륭한 자연치료사라고 해도 그리 틀린 표현은 아니리라.

여름내 제 몸피보다 두꺼운 외투를 켜켜이 껴입고서 짙은 그늘을 만들어 삼복염천에 지친 나그네의 심신을 달래고 쉼터를 마련해 주던 나무, 계절의 폭군인 겨울이 침범해 오자 그들은 걸쳤던 옷을 훌훌 털어 버리고 마침내 허허로운 모습으로 홀로서기에 나서는 것이다. 이것이야말로 묵묵히 펼치는 희생정신의 발로가 아닌가. 자신은 비록 헐벗어 춥고 외로워 보일망정, 숲을 찾는 생명체들에게 그나마 엷은 햇빛이라도 받아들이게 하려는 느꺼운 배려의 마음이리라.

묵중하게 버티고 선 겨울나무에 그윽이 눈길을 주고 있노라니, 문득 지나온 삶이 되돌아봐진다. 내 얼마나 옳다는 믿음 앞에 굳건했으며 불의 앞에 당당했던가. 매번 사철 푸르른 송백松柏의 지조 있음만을 두둔하면서, 철 따라 옷을 갈아입는 겨울나무를 변절자의 표상인 양 몰아세우려 들지는 않았던가.

그리고 또 되뇌어 보게 된다. 언제 한 번이라도 이 겨울나무처럼 아낌없이 자신을 내던진 적이 있었던가. 남이야 어찌 되건 말건 그저 내 한 몸의 안락을 위해 마음의 갑옷으로 단단히 무장해 온 달팽이집 속의 삶이 아니었던가. 가슴에 손 얹고 헤아려 보니 적이 스스러운 마음에 고개가 꺾이어진다.

겨울나무의 이타행利他行을 본받으며 한세상 살아갈 수는 없을까. 옷을 죄 벗어버리고도 꿋꿋한 기상을 잃지 아니하는 나목들, 그 마음을 비운 모습에서 자연은 우리 삶의 말 없는 스승임을 저리게 깨닫는다.

고개 들어 다시금 겨울나무를 응시한다. 나무들은 지금 거룩한 경전을 펼쳐 나를 가르치고 있다.

석별

추분 무렵이다. 생명활동을 멈추어 버린 잎사귀들이, 자신을 있게 한 모체로부터 분리되어 제각기 어디론가 갈 길을 재촉한다. 풍요한 결실의 넉넉함 뒤에 조락凋落으로 인한 결별의 아픔이 내재되어 있는 시절, 그리고 겨울의 길고 긴 침묵을 예비하는 것이다.

생명을 피어나게 하는 봄에의 기다림, 이 설레는 소망이 없다면 마른 갈대 같은 겨울 한 철이 얼마나 더 쓸쓸하랴. 뭇 생명들이 살을 에는 추위 앞에 납작 엎디어 숨소리를 죽이고 있는 시절에도 삶에의 의욕을 끈질기게 붙들고 있음은, 머지않을 소생에의 기대 때문이 아닐까.

나목裸木이 윙윙대는 칼바람을 맞으며 묵중하게 버티고 선 모습에서 숙연한 생의 의미를 읽는다. 겉모습은 비록 쓸쓸하고 외로워 보일지언정 가슴엔 쉴 새 없이 뜨거운 피돌기가 계속되고 있으리라.

생명을 위한 준비, 그것은 세상 무엇보다 값지다. 그러기에 나목은 고목枯木과는 벌써 그 격이 다르다. 고목이 자신의 소명을 다하고 이제 역사의 뒤안길로 물러난 퇴역장병 같은 나무라면, 나목은 기회만 주어지면 언제든지 다시 뛸 준비가 되어 있는 예비군 같은 나무이다.

우리네 일상사의 만남과 헤어짐도 고스란히 이 나무들의 모습을 닮았다. 새로운 만남이 준비되어 있는 이별이 나목의 모습이라면, 고목은 이미 영원한 결별을 고해 버린 그런 나무라고 하겠다.

사람은 누구든 만남을 반기고 이별을 아쉬워한다. 이별은 애석함이기 때문이다. 애석함이란 얼마나 그 여운이 진한 정서인가. 그러기에 우리는 역설적이게도 만남보다는 헤어짐을 더욱 아끼게 되는 것인지도 모르겠다.

만남은 '한계효용체감의 법칙'을 충실히 따른다. 처음 만남은 대개 농도 짙은 반가움으로 시작된다. 어깨를 부딪고 뺨을 어루만지면서 서로에게 강한 친밀감을 표시한다. 어쩌면 영원히 함께 있고 싶어 할는지도 모른다. 그것이 오랜 헤어짐 뒤의 해후邂逅라면 더욱 그렇다.

하지만 식지 않는 반가움이란 애당초 기대하지 말 일이다. 애석하게도 첫 순간의 불꽃이 튀는 듯 격한 반가움은 그리 오래 있어 주질 않는다. 그것은 힐끔힐끔 뒤를 돌아다보며 꿈결처럼 멀어져 간다, 붙들 수 없는 시간의 수레를 타고서. 자신도 의식하지 못하는 사이에 헤어짐의 욕구가 슬슬 고개를 내민다. 사람이란 끊임없이 변하고 바뀜을 추구하는 속성을 지닌 동물인 까닭이다.

아쉽다고 여겨질 때 헤어지는 것이, 만남의 끝을 보고 마는 것보다 한층 가치 있다고 생각한다. 고목 같은 결별만 아니라면, 훗날의 기약이 예비 되어 있는 이별이기만 하다면 확실히 그러하다. 끝장을 보고 마는 만남, 절정에 다다른 폭발적인 즐거움의 발산 후에 남는 것은, 화려한 축제의 뒷마당 같은 쓸쓸함과 허무뿐이다.

인간 존재의 보편적 정서란 것이 본시 그런 것 같다. 만남의 기쁨은 오래 머리에 남지만, 헤어짐의 슬픔은 더 오래 가슴에 남는 법이다. 그러기에 자고로 만남의 기쁨을 노래한 글보다는 이별의 슬픔을 읊조린 글이 보다 진한 떨림으로 다가오는 것인지도 모르겠다.

이것이 바로 석별惜別이 지니는 의미가 아닌가 한다.

낙수

소변기 앞이다. 볼일을 끝내고 고개를 든다. 순간, 어깨높이
께 괴발개발 휘갈겨 쓴 글귀 하나가 눈길을 사로잡는다.

신은 죽었다 -니체
니체 너 죽었다 - 신
니네 둘 다 죽었다 - 청소아줌마

시내 한 음식점 화장실 벽에 적힌 낙서이다. 마치 시조의 삼
장체三章體 같기도 하고 추론에서의 삼단논법 같기도 하다. 헤
겔의 변증법을 떠올리게도 만든다.

신은 죽었다고 한 니체의 선언에 발끈하여, 그런 너는 죽었다며 눈에는 눈 이에는 이 식으로 갚음하려는 신의 맞대응이 마치 희화화한 한 폭의 호랑이 민화를 보고 있는 듯 흥미롭다. 특히나 마지막 구절의 기상천외한 발상, 그 번뜩이는 재치에는 아무리 목석연한 사내일지라도 쿡쿡 웃음을 흘리지 않을 수 없으리라.

적힌 낙서도 지워 없애야 하는 것이 청소아줌마의 직분이 아닌가. 이치가 그러하거늘, 자신이 스스로 낙서를 즐기고 있는 듯한 설정의 이 역설이라니…….

'어떤 놈인지 어디 한번 붙잡히기만 해 봐라, 가만두지 않겠다.'

시퍼런 경고가 도깨비처럼 눈을 부라리고 달려든다. 세상 모든 청소아줌마들의 마음을 대변해 놓은 듯 풍자가 걸쭉하다.

노상 힘든 청소 일로 밥을 벌어야 하는 그들은 누구 없이 벽의 낙서를 지우는 일에 평소 얼마나 신물이 났을 것인가. 화장실에다 낙서하는 놈들은 정말 니체 아니라 신마저 다닥뜨렸다 하면 모조리 죽였으면 싶을 만큼 미움의 감정이 깊을 것도 같다. 하지만 그런 청소아줌마의 심사를 낙서 특유의 익살로 담아낸 우스개 고안자의 기지智에 가슴이 따뜻해 온다.

꼭 책에서만 사람살이의 지혜를 만날 수 있는 것은 아니다. 거대 담론을 통해서라야 인생철학을 배울 수 있는 것도 아니다. 원효대사가 무덤 앞에서 큰 깨달음을 얻었듯, 어쩌다 뜻밖의 장소에서 귀한 가르침을 발견하게 되는 때가 있다.

낙서落書는 생활의 낙수落穗다. 톱니바퀴처럼 맞물려 돌아가는 일상사에서 잠시 비켜나 가쁜 숨을 돌릴 여유를 갖게 한다. 세상이라는 논밭에 떨어진 삶의 이삭을 줍다 보면 인생의 여백을 즐기는 맛이 쏠쏠하다.

오늘 나는 화장실 소변기 앞에 서서, 몸속의 찌꺼기를 비우며 마음속의 찌꺼기도 함께 비운다.

 # 돌이키지 못할 악연

늦은 봄날의 오후는 지루하리만치 길다. 겨울철이었으면 하마 어둠살이 몰려왔을 시간인데도 아직 해가 중천에 걸려 있다.

이 훤한 대낮에 아스팔트 포장도로를 따라 강아지만 한 짐승 하나가 반쯤 차로를 물고서 뽈뽈뽈 기어가고 있었다. 새끼 너구리 같았다. 조건반사적으로 액셀러레이터에 발이 갔다. 그러면서 반대편 차로로 살짝 핸들을 꺾었다. 한적한 시골길이라 마주 오는 차가 없어 다행이었다. "무사히 지나쳤겠지" 옆 좌석의 아내에게 물으며 진행차로로 돌아왔다.

한데 어쩐지 느낌이 이상했다. 미심쩍은 마음에 백미러로 뒤를 살펴보았다. 거무끄름한 물체에 움직임이 없다. 직감적으로, 치였구나 싶은 생각이 뇌리를 스친다. 아내의 말로는, 길 바깥쪽으로 나가던 녀석이 무슨 마음이었는지 방향을 바꾸어 조촘조촘 안쪽으로 들어오더라는 것이다.

급히 차를 세우고 허겁지겁 다가가 보았다. 아니나 다를까, 녀석은 주둥이에 피를 흘린 채 길바닥에 쓰러져 있었다. 순간 형언할 수 없는 죄책감이 가슴을 짓눌러 왔다. 내 철들고 나서 는 될 수 있는 대로 육고기를 멀리했고, 그러다 십여 년 전부 터는 아예 금하지 않았던가. 그렇게 살아왔음에도 이런 돌이 키지 못할 악연을 만들다니.

살려낼 재간이 없다. 엎질러진 물이 되고 말았다. 이 일을 어떻게 해야 하나. 한참을 궁리 끝에 약식으로라도 장례 절차 를 밟아 주어야겠다고 생각했다. 그것이 비명에 횡사한 목숨 앞에서 내가 취해야 할 최소한의 도리일 것 같았다.

근처 인가에 들러 연장을 빌려 왔다. 장지는 아무래도 나무 밑이 적당할 듯싶었다. 나무에 거름이 되어 푸르른 생명으로 다시 살아갈 수 있기를……. 그렇게 기원하며 단풍나무 뿌리 곁에다 고이 묻어 주었다. 수목장樹木葬을 치르는 심정이었다.

집에 도착하자마자 컴퓨터부터 열었다. 인터넷에서 자동차 법규를 검색해 보았다. 거기에는 갑자기 짐승이 나타났을 때의 대처 요령을 묻는 문항이 있었다. '갑자기 짐승을 발견했을 때는 피해서 핸들을 꺾어야 한다.' 이 항목이 틀린 답이었다. 불가항력적인 상황에서는 피하려 하지 말고 그대로 치고 지나가라는 것이다. 어설프게 핸들을 꺾으려 하다가는 자칫 뜻밖의 사고를 불러올 수 있기 때문이라고 해설이 붙어 있었다.

자동차 법규에는 비록 그렇게 가르치고 있지만, 나는 무의식중에 핸들을 꺾었다. 게다가 불가항력적인 상황도 아니지 않았는가. 그랬음에도 결과적으로는 살생을 하고 만 셈이다.

자다가 벌떡 일어났다. 단순히 땅 파서 묻어 준 것으로 할 일을 다 한 것 같지가 않았다. 가서 명복이라도 빌어 주어야겠다고 생각했다. 그러지 않고는 도저히 죄책감에서 놓여날 수 없을 것 같았다.

그 밤을 이리 뒤척 저리 뒤척 밝히고, 다음 날 아침 슈퍼의 문이 열리기를 기다려 막걸리 한 병을 샀다. 그러곤 현장으로 차를 몰았다. 주위에는 아무 일 없었다는 듯 이름 모를 산새들의 울음소리만이 산천을 수놓고 있었다. 마음을 가다듬어 녀석을 묻은 나무 밑에다 막걸리를 붓고는 좋은 곳에 다시 태어나기를 축원했다. 그제서야 마음이 조금 편안해진다.

법대로 따지면 나는 분명 아무 잘못이 없다. 하지만 법만이

능사는 아니지 않은가. 이제껏 운전을 하며 비 오는 날 도로를
폴짝거리는 개구리 한 마리도 다치게 하지 않으려고 애써 온
내가 본의 아니게 살생을 저지르고 말았으니 이 죄를 어쩔 것
인가.

　'이번 일을 경계 삼아 앞으로 운전에 더욱 근신하여라.' 절
대자의 말없는 계시가 귓가에 웅웅거린다.

　차의 속도가 전에 없이 느려지고 있다.

통곡하고도 남을 자리

　마침내 벼르고 벼르던 참꽃 군락지를 올랐습니다. 실로 몇 년 만인지 모르겠군요. 이곳 비슬산琵瑟山 참꽃들을 만나러 왔었던 그 때가 말입니다. 손을 꼽으며 헤아려 보니 그새 어언 십 수 년의 세월이 흘러갔나 싶습니다.

　산중의 개화 시기는 어찌 그리도 변덕이 심하던가요. 그 때쯤이면 으레 펑펑 피워 올렸으리라는 굳은 믿음을 안고 올랐으나, 아직 완전히 꿈에서 깨어나지 않은 봉오리들밖에 보지 못한 것이 못내 아쉽고 허전했었습니다. 한데, 이처럼 산뜻하게 진분홍 화장을 한 수만 송이의 꽃들을 대하니 얼마나 감개가 무량한지요.

여말의 이름난 시인이며 문장가였던 김황원 선생이, 대동강 부벽루에 올라 그 빼어난 아름다움을 시에다 담으려고 온종일을 애쓴 끝에

장성일면용용수 長城一面溶溶水
대야동두점점산 大野東頭點點山
긴 성 한 쪽 면에는 넘실넘실 강물이요
큰 들판 동쪽 머리엔 띄엄띄엄 산들일세.

이렇게 두 구절을 얻고는 다음 시구가 떠오르지 않아 한스러워서 통곡하며 내려왔다는 일화가 전한다지만, 이곳 비슬산 고원의 전망대에서 바라보는 참꽃 무리의 황홀한 광경을 마주하며, 그런 이야기가 조금도 과장이 아니었음을 오늘에야 비로소 깨닫습니다. 참으로 천하의 절경을 만나면, 비단 시인이 아니어도 언어의 한계를 절감하며 통곡하고픈 심정이 되고 마는 것인가 봅니다.

눈이 시도록 드넓게 펼쳐진 수만 평의 꽃 세상, 아른아른 피어오르는 연분홍 향연에 머리가 어찔어찔해 옵니다. 가슴이 두근두근 요동을 칩니다. 하늘거리는 실비단 깨끼 한복을 곱게 차려입고 봄나들이 나온 우리의 옛 여인네들을 닮았다고나

할까요.

'와!' 하는 감탄사 한마디를 토하고는, 한껏 벌어진 입이 그만 다물어질 줄을 모릅니다. '화려하다'와 '화사하다'를 굳이 구별해 낼 수 있다면, 이 참꽃들에겐 화려하다기보다는 화사하다는 표현이 더 어울릴 것 같습니다. 한 오라기 연기도 피워 올리지 아니하고 타오르는 꽃불, 그래 어쩌자고 조화주는 이 산정의 대평원에다 이토록 한꺼번에 화르르 꽃불을 질러 놓은 것일까요.

차근차근 일일이 작별 인사를 나누며 눈사진기에다 담습니다. 이제 이렇게 헤어지면 언제 다시 인연을 맺을 수 있으려나 싶은 생각에서입니다.

두고 떠나기 서운한 마음에 한 줌의 숨결을 꽃잎에다 뿌려 놓고 발길을 돌립니다. 수만의 꽃아가씨들이 짧은 만남을 아쉬워하며 일제히 손을 흔들고 있었습니다.

2
우시장의 오후

그리운 소리들

하루가 다르게 봄기운이 완연해 간다. 불과 보름 전까지만 해도 연둣빛 잎사귀로 몸단장 하고 나섰던 거리의 가로수들이, 어느새 진초록으로 옷을 갈아입고서 짙은 그늘을 드리우기 시작했다. 살갗을 간질이던 훈풍이 후텁지근한 기운을 머금고 불어온다. 머잖아 초하初夏의 계절로 접어들려나 보다.

이럴 땐 엉뚱한 걱정거리 하나로 벌써부터 가슴이 답답해진다. 다가올 여름 한 철을 또 어떻게 날까 하는 염려가 부쩍 마음의 부담지수를 높이는 것이다.

이렇게 말하면 누구든 으레 '등줄기를 절여 놓을 혹독한 무더위 탓이겠거니'라고 생각하리라. 하지만 엉뚱하게도 전혀 그

것 때문이 아니다. 그런 이유에서라면 차라리 행복할는지 모르겠다. 내가 계절 가운데 유독 여름을 두려워하는 것은, 한시도 귀의 자유를 허락하지 않는 온갖 시끄러운 소리들과 다시 또 씨름할 일이 고통스러워서인 까닭이다.

문제의 원인은, 거의 병적이라 할 만큼 소음에 민감한 체질에 있다. 창문을 열어 놓고 지내야 하는 여름철이, 그러기에 어느 계절보다도 몹시 힘에 겹다. 밤이 이슥한 시각까지 단잠을 이루지 못하고 뒤척이는 일이 일상사가 된다. 여름 석 달은 늘 납덩이같은 피로를 달고 살아야 하다 보니, 남모르는 고충이 이만저만이 아니다. 물론 그래서이겠지만, 이 기간 동안은 덩달아 마음까지 안정을 찾지 못해 고달파진다.

날이 갈수록 세상은 소란스러움의 도가 더해져만 가고 있다. 그에 따라 내가 설 자리는 점점 좁아져 오는 느낌이다. 어쩌다 시골 고향집을 찾았을 때, 사방의 창문을 활짝 열어젖히고 폐부 깊숙이 스며오는 대자연의 숨소리를 들이마시는 것이야말로 얼마나 기분 좋은 일인가. 가만히 누워만 있어도 저절로 폐활량이 늘어나는 듯 가슴속이 쏴해 온다.

도시의 삶은 도무지 그렇지가 못하다. 맑은 정신을 온통 뒤흔들어 놓는 가지가지의 소음들에 내 예민한 귀청은 여지없이 난타 당한다. 쉴 새 없이 들려오는 수많은 자동차들의 엔진 소리며 브레이크의 파열음이며 오토바이의 클랙슨 소리, 길거리 행상의 확성기 소리, 경광등을 켜고서 질주하는 병원 구급차의 사이렌 소리 그리고 싸움질하듯 내뱉는 행인들의 왁자한 지껄임, 이 모든 소리들에 거의 녹초가 되어 버린다.

그렇다고 실내라 해서 소음으로부터 그리 자유로운 것도 아니다. 끊임없이 개발되어 나오는 문명의 이기들은 갈수록 소음의 도를 배가시킨다. 부채를 대신하는 선풍기며 에어컨은 데시벨의 수치를 한껏 올려놓는다. 똑딱거리는 괘종시계 소리에도, 이웃집 화장실 물 내리는 소리에도 일쑤 밤잠을 설치거늘, 하물며 왈왈대는 모터로 작동되는 이런 기기들에서이랴.

청각장애자가 들으면 뭐라고 욕을 할는지 모를 일이지만, 솔직히 여름 한철엔 차라리 귀머거리라도 되었으면 싶은 심정이 고래 아니면 굴뚝이다. 세상의 온갖 번잡스런 소음들로부터 놓여나게 될 때 얼마나 포근하고 달콤한 숙면을 즐길 수 있을 것인가. 뒷산 계곡을 타고 불어오는 선들바람을 맞으며 대청마루에서 잠 한번 늘어지게 자 보는 것이, 이 계절에 가지는 소원 아닌 소원이 되어 버렸다.

자연의 소리는 그것이 아무리 요란스러워도 단순한 데시벨

수치를 적용할 수 없을 것 같다. 산천을 떠메고 갈 듯이 울어 대는 매미 소리에도, 지축을 뒤흔들 듯이 포효하는 우레 소리에도, 가슴속 깊이 무언지 모를 울림이 전해져 오기 때문이다.

자연의 소리가 숨을 죽이고 있는 사이에 문명의 소리가 나날이 목청을 높여 가고 있다. 이렇게 문명의 소리가 커져 가면 갈수록 자연의 소리는 점점 더 왜소해진다. 분별없이 내지르는 인간들의 목소리로 인해 우리가 지금 잃어버린 소리들이 어디 한두 가지인가. 섬돌 모퉁이를 피아노의 음률처럼 구르던 귀뚜라미 소리며 무논 가득 질펀하게 깔리던 개구리 소리며 오뉴월 한낮 들녘의 적요를 흔들던 뻐꾸기 소리, 그리고 뒷산 기슭에서 야음을 타고 흘러내리던 부엉이 울음소리……, 이러한 소리들은 이제 웬만해선 듣기 힘든 추억의 음률이 되어 버렸다.

사람이 입을 다물 때 자연은 비로소 참아 왔던 입을 연다, 깊어 가는 겨울밤 사랑채 할아버지의 담뱃대 떠시던 소리 같은 입을. 자연의 소리에 귀 기울일 때 절대자의 침묵하는 음성을 더 또렷이 들을 수 있게 되리라.

지난날 우리의 정겨웠던 소리들은 죄 자연의 모습을 닮아 있었다. 티 없이 맑고 순수했던 본래의 그 성정을 말이다. 날로 청신경이 져야 할 부담이 커져 가고 있는 시대인 것 같다. 그것은 두말할 것 없이 잠시잠깐도 귀의 자유를 허락하지 않는 소음 때문이다.

소음의 탁도濁度가 더해 갈수록 우리의 심성은 그에 따라 점점 거칠어만 간다. 이 둘은 기막히게 정확한 비례관계를 이룬다. 지금 세상에 무지막지한 일탈행위들이 끊이질 않고 일어나는 것도, 따지고 보면 건강한 자연의 소리를 잃어가고 있기 때문은 아닐는지……. 그에 따라 우리의 삶은 더욱 삭막해지고 더욱 척박해 갈 뿐이다.

문명의 소리들은 마음을 달뜨게 하지만, 자연의 소리들은 마음을 가라앉게 만든다. 깊은 계곡을 쓸고 지나가는 바람소리며, 교외의 한가로운 들녘에서 들려오는 누렁이 황소의 느릿한 울음소리는 우리의 마음을 또 얼마나 푸근하게 해 주는가. 부엌 아궁이의 모닥불 타던 소리, 어머니의 똑딱거리던 도마질 소리며 멀리서 들려오던 여인네들의 다듬이 소리, 섣달 그믐날 밤의 가래떡 썰던 소리, 옛이야기 책 읽으시던 할아버지의 낭랑한 초성, 아버지의 떨그럭떨그럭 쇠죽 끓이시던 소리……, 이런 소리들은 하나같이 자연의 성정을 깊이깊이 간직하고 있었다. 이 모든 소리들은 때 묻지 않은 영혼을 살찌우던 기도 소리였을 것만 같다.

지금은 우리 곁에서 떠나간 그 소리들이 목마르게 그립다.

달맞이꽃

　중학에 들어가고부터 하교 시간이 늦어지는 날이 잦았다. 지금 아이들처럼 방과 후에 이 학원, 저 교습소 옮겨 다니느라고 그랬던 것은 아니다. 영어암송대회다 웅변대회다 백일장이다 해서 걸핏하면 대표로 뽑혀 연습을 하다 보니 야심토록 학교에 남게 되었기 때문이다. 아리잠직하고 재주도 하찮았던 촌뜨기였건만, 어디가 그리 미쁘게 보인 구석이 있어 선생님들의 분에 넘친 사랑을 받았는지 모르겠다.

　하루치 연습이 마쳐지고 뒷정리까지 끝나면, 서둘러 귀갓길에 오른다. 시계는 벌써 밤 열 시를 훌쩍 넘어 있기 일쑤다. 요사이야 열 시께면 아직 초저녁에 불과하지만, 그 때는 완전히 한밤중이었다. 기껏해야 몇 시간에 한 대씩 있는 시외버스마저 끊긴 지 오래다. 쌀에 뉘처럼 자동차가 귀하던 시절이라, 해만 빠지면 거리는 이내 적막강산이 된다. 가로등도 없는 깜깜한 신작로를 지나오려면 주뼛주뼛 머리끝이 곤두서면서 오싹 소름이 끼쳤다.

지난날엔 늑대와 여우, 개호주 같은 산짐승도 많았지만 도깨비며 귀신 이야기는 또 어찌 그리 흔했던지…… . 어린 나는 자연 풀어낼 수 없는 두려움을 가슴에 들였다. 그런 잠재된 공포에의 기억이 무섬증을 불러와, 처녀귀신이 나타나서 사람을 호린다는 골짜기 앞을 지나칠 때면 걸음아 날 살리라며 부리나케 자전거 페달을 밟았다. 정신없이 내달려 마을 언저리까지 다 왔을 때는 식은땀으로 등줄기가 흥건히 젖어 있곤 했다.

동구 밖에 들어서면, 약속이나 한 듯 어머니가 등불을 들고 마중을 나와 계셨다. 저만치 어머니의 희미한 그림자가 시야에 들어오는 순간, 무섬증과 고단함은 눈 녹듯 일시에 풀려나갔다. 아들의 모습을 확인한 어머니는 그제야 안심이 되시는지, 한 차례 깊은 눈 맞춤을 하고는 집을 향해 말없이 발걸음을 옮기셨다. 그 침묵 속에 어리비치던 당신의 자애로운 눈빛을, 머리에 서리꽃이 피어나기 시작한 지금 이 나이까지도 여전히 잊지 못한다.

그때 나는 어머니의 달이었다. 어머니는 아마도 당신의 아들이 어두운 세상을 환히 비추어 줄 달이기를, 그것도 보름달이기를 소망하셨을 것이다. 지금 헤아려 보니, 어머니가 꼭 달맞이꽃을 닮았었다는 생각이 든다. 전쟁터처럼 수선스럽고 살벌한 세상에서 내가 오늘 이 때까지 쓰러지지 아니하고 꿋꿋이 버티어 올 수 있었던 것은, 달맞이꽃이 되어 지켜주신 어머니의 염려와 보살핌 덕분인지도 모르겠다. 오랜 지병으로 시난고난하다 생의 가을 녘에 홀홀히 저세상으로 떠나가 이제는 더 이상 달맞이꽃이 되어 주실 수 없는 어머니, 어쩌다 고향집을 찾을 때면 그때의 어머니가 동구 밖에 달맞이꽃으로 서 계시는 것 같은 환상에 젖어들곤 한다.

해바라기가 정열의 꽃이라면 달맞이꽃은 소박함의 꽃이다. 꼭 달이 뜨는 저녁을 기다려 피어난다고 해서 붙여진 이름 달맞이꽃, 그래서 기다림이라는 꽃말을 얻게 되었나 보다. 야심한 밤에 달팽이각시처럼 살그머니 찾아오는 꽃이라 하여 '야래향夜來香'이란 애칭으로 불리기도 한다. 야래향, 미혹되지 않을 수 없는 향도 향이려니와, 무엇보다 꽃 이름에 더욱 마음이 끌린다. 어쩐지 권력자를 치어다보며 간살을 떨고 있는 듯싶은 해바라기라는 이름과는 달리, 어딘지 모르게 은근한 느낌으로 다가오는 그 이름이 나는 좋다.

일찌거니 저녁술을 놓고는 달 바라기라도 할 겸 동구 밖으로 산책을 나선다. 아니나 다를까, 달맞이꽃이 어느새 제가 먼저 달을 마중하고 섰다. 누가 부르지도 않았건만, 달 오시는 밤만 되면 그는 어김없이 얼굴을 내민다. 뒤란에서 말없이 나타나는 은근한 정인 같기도 하고, 멀리서 소식 없이 찾아오는 반가운 손님 같기도 하다. 새벽녘까지 이슬을 맞고서 함초롬히 피어 있다 아침 해가 부챗살을 펼치기 시작하면 다시 저녁을 기약하며 조용히 입을 오므린다.

대다수의 꽃들은 낮에 다투어 피건만, 이 달맞이꽃은 어찌하여 밤을 틈타 수줍은 새색시처럼 살며시 모습을 드러내는 것일까. 무슨 정이 그리 많아 남들 다 깊이 잠든 시간에도 저 홀로 잠들지 못하고 온 밤을 지새우는 것일까. 하얀 밤에 노란 꽃, 그 선명한 색채의 대비가 가슴을 설레게 한다.

달맞이꽃에 찬찬히 눈길을 주고 있노라니, 그리스 신화에 나오는 애달픈 전설 하나가 망막에 맺혀 온다.

오랜 옛적, 별을 사랑하는 요정들 틈에 유독 홀로 달을 사랑하는 요정이 살고 있었다. 어느 날 그 요정은, 별이 뜨면 달을 볼 수 없을 것이라는 조바심에 무심코 이런 모진 말을 하고 만다.

"하늘나라의 별들이 모두 없어졌으면 좋겠어. 그럼 매일매일 달을 볼 수 있을 텐데……."

곁에서 듣고 있던 다른 요정들이 곧바로 제우스에게 달려가 이 사실을 일러바친다. 잔뜩 화가 난 제우스는 그만 달 없는 깜깜한 세상으로 그 요정을 유배시켜 버린다.

나중에야 사연을 알게 된 달의 신은 자기를 좋아했던 요정을 찾아 헤맨다. 하지만 곳곳에서 제우스가 곁쐐기를 박는 바람에 둘의 만남은 끝내 이루어지지 못한다. 결국 달을 사랑했던 요정은 너무 지친 나머지 병이 들어 죽게 되고, 요정이 죽은 후에야 비로소 찾아올 수 있었던 달의 신은 눈물을 흘리며 요정을 땅에 묻어 준다. 뒤늦게야 자신이 너무했다는 생각이 든 제우스는, 그 미안한 마음을 자책하며 요정의 영혼을 달맞이꽃으로 만든다. 그래서 오늘도 달맞이꽃은 일편단심 달을 따라 함초롬히 꽃을 피우고 있다는 것이다.

어쩌다 조용히 어머니의 모습을 그려 볼 때에도 이 슬픈 전설이 가슴을 적셔 오곤 한다. 그것은, 달의 신이 요정을 찾아 헤매듯 이제 이승에서는 더 이상 함께할 수 없는 당신을 향한 그리움 때문인지 모르겠다. 달 뜨는 시각이면 어김없이 달마중을 나오는 달맞이꽃처럼 아들이 돌아올 시간이면 여부 없이 아들의 밤 마중을 나오셨던 어머니, 내가 해바라기 꽃보다 달맞이꽃을 더 좋아하는 것은 아마 이런 까닭에서가 아닌가 싶다.

이제 그 때의 늑대도, 여우도, 개호주도, 도깨비도 그리고 처녀귀신도 죄 사라진 지 오래다. 하지만 나는 여전히 긴장의 끈을 풀지 못한다. 유괴다 폭력이다 사기다 뭐다 해서 세상이 너무 어둡고 흉흉한 일들로 뒤덮여 가기 때문이다. 별의별 사건, 오만 사고들이 어느 하루도 마음을 뒤숭숭하게 만들지 아니하는 날이 없다. 이런 사회가 무섭고, 이런 세태가 두렵다. 이 무서움, 이 두려움을 지켜 줄 달맞이꽃 어머니가 계시지 않으니 무엇으로 이것들을 이겨낼 수 있을 것인가.

어머니도 가시고 없는 이 풍진세계에서, 나는 얼마만큼 밝은 달이 되어 세상을 비추며 살아왔는지……. 기억의 필름을 되돌려 보면 그저 부끄럽고 후회스러운 마음뿐이다.

해마다 선들바람이 불어오고 달맞이꽃이 다투어 피어나는 시절이면, 달맞이꽃이 되어 아들의 귀갓길을 밝혀 주셨던 어머니가 그립다. 몹시도 그립다.

되돌릴 수 없는 필름

휴일 아침, 느지막이 자리에서 일어나 커튼을 걷었다. 연 사흘을 이어지던 봄비가 그치고 햇살이 눈부시다. 세상이 온통 초록빛으로 갈아입고 성대한 잔치를 벌이는 것 같다.

오늘처럼 눈이 시리도록 청명한 날이면 마음까지 덩달아 시려 온다. 이렇게 아름다운 세상을 이승에서는 더 이상 함께할 수 없는 어머니 생각이 간절해져서이다.

그러니까 몇 해 전이었던가. 당신께서 돌아가시고 난 얼마 후, 외사촌 누이가 찾아와서는 이런 말을 했었다.

"동생아, 지금은 잘 모른다. 세월이 흘러 봐라. 그제야 실감이 날 거다."

'그래—. 정말 그럴까?'

그때 나는 누이의 말에 믿음 반 의심 반이었다.

그러고서 삼 년여가 흘러갔다.

누이의 말이 과연 옳았다. 아침상에 어머니가 살아생전 좋아하시던 배추쌈이라도 올라오면 금세 목이 메어 왔고, 시장 길 모퉁이를 지나치다 껍질땅콩이 눈에 띄면 이내 눈시울이 붉어지곤 했다. 류머티즘관절염으로 불편한 다리를 절뚝거리면서 손수 농사지은 껍질땅콩을 손수레에 싣고 시장바닥을 누비며 다니시던 생전의 모습이, 어제 일처럼 생생하게 망막에 맺혀 오기 때문이다.

굵직굵직했던 지난 일은 세월이 흐르면서 뇌리에서 차츰 잊히어 가는데, 자질구레한 사연들은 어찌하여 겨울 들판 같은 내 빈 가슴을 날이 갈수록 더욱 또렷이 적시는 것일까. 꼭 한 번만이라도 지난 시절로 돌아갈 수 있다면 당신 생전에 못다 한 효도를 반 풀어치나마 해 볼 수 있으련만…….

영사기의 필름은 언제든 되돌릴 수가 있어도, 한 번 흘러가 버린 세월의 필름은 두 번 다시 되돌릴 수가 없구나. 허파꽈리에 공기를 채우듯 어머니에 대한 그리움을 가슴속에 채운다.

가난한 농사꾼의 아내로 애옥살이 시골 살림을 애면글면 이어 오다 제대로 내 날이다 싶은 영화 한 번 누려 보지 못하고 우리 형제들 곁을 떠나신 지 어언간 이십 년, 지금 살아 계시다면 일흔을 훌쩍 넘기셨을 어머니.

삶의 무게를 외투처럼 걸치고 한껏 처진 어깨로 현관문을 들어서는 불초한 아들에게

"애비야, 이제 오냐. 많이 시장하지?"

하며 반겨 맞아주시던 어머니의 그 다감하면서도 안쓰럽던 모습이 상금도 눈앞에 불쑥 나타날 것만 같다.

아! 불러도, 불러도 다시 또 불러 보고 싶은 그 이름.

"어머니―"

"어머니―"

"어머니―"

그 라면 맛

오감 가운데 후각만큼 깊은 자극을 남기는 것도 없지 싶다. 더구나 어린 시절에 겪은 특별한 냄새의 자극은 평생을 지배하게도 된다.

수다한 냄새들 가운데 나는 라면 끓이는 냄새에 유독 강렬한 자극을 받는다. 그것은 라면에 얽힌 잊지 못할 추억 때문이다. 퇴근 무렵, 어딘가에서 구수한 떡라면 냄새라도 풍겨오면 돌아가신 어머니 생각에 울컥 목이 메곤 한다.

일여덟 살이나 되었을까 말까, 언덕 너머처럼 아슴푸레한 기억이다. 부모님께서 무슨 볼일로 해서인가 먼 데 나들이를 떠났다 귀가하는 길에 라면 두 봉지를 사들고 오셨다. 이 땅에서 최초로 출시된 제품인 '아리랑'이라는 상표를 단 라면이었다. 나는 세상에 라면이라는 먹을거리가 있는 줄 그때 처음 알았다. 물론 이름이 '라면'으로 불린다는 것은 그보다 한참 후에나 깨닫게 된 일이지만.

조부모님과 부모님 그리고 아래로 동생들 넷, 이렇게 식구 수가 만만찮았던 당시 우리 집 사정으로선 그 두 봉지의 라면만으로는 어디 찍어 붙일 데도 없었다. 근근이 입치레나 하고 사는 집안 형편에 한 끼를 넉넉히 해결할 수 있을 정도로 마음을 내기에는 아무래도 손이 오그라들었던 것이리라. 무슨 제품이건 처음 세상에 선을 보이는 것들은 그 금새가 만만치 않은 법이니. 부뚜막 앞에 서서 하셨을 어머니의 고심이 눈에 선하다.

궁리궁리 끝에 어머니는 밀국수를 절반이나 섞어서 끓여내셨다. 요즘은 라면에 가래떡을 넣어 끓인 음식을 '떡라면'이라고 부르지만, 이것은 어디까지나 라면이 주재료이고 떡은 모양새며 맛으로 넣는 고명 같은 것이 아닌가. 어머니의 첫 라면 요리는 라면이 절반, 국수가 절반이었으니 라면도 아니고 국수도 아니었다. 이를테면 '국수라면'이라 해야 할지 '라면국수'라 해야 할지······.

그랬는데도 난생 처음 대하는 이 별미가 완전히 입맛을 사로잡았다. 혀끝에 착착 감겨오는 감촉, 입 안에 머물 새도 없이 목구멍을 타고 술술 잘도 넘어갔다. 세상 어떤 값비싼 음식인들 그날 먹었던 라면 맛에 비길 수 있을까. 사십 년 가까운 세월이 흐른 지금도 첫 라면의 그 기막힌 풍미를 잊지 못한다.

그때에 비해 훨씬 더 맛있는 라면들이 지금 시중에는 널려 있다. 슈퍼마켓이나 대형할인점에 가보면 별의별 이름을 단 라면이 입 안에 군침을 돌게 한다. 새로 출시된 라면이 눈에 띄면 호기심에 끌려 기어이 값을 지불하고 만다. 과연 어떤 맛일까, 집으로 돌아오는 길은 마냥 즐거운 상상에 부풀어 있다. 그날 저녁은 당연히 라면 요리가 된다. 하지만 이내, '행여나' 하는 기대감은 '역시나' 하는 실망감으로 바뀌고 만다.

아무리 그럴듯해 보이는 라면도 어머니가 끓여 주셨던 예전의 그 첫 라면 맛에는 비길 바가 못 되는 것 같다. 그것은 다시는 되돌릴 수 없는 지난 시절에 대한 추억의 맛이어서가 아닌가 싶다. 아니, 지금은 이승에서 함께할 수 없는 당신에 대한 그리움 때문인지도 모르겠다.

우시장의 오후

아버지의 몸에서는 언제나 쇠똥 냄새가 배어났다. 그 냄새는, 비가 오나 눈이 오나 사시장철 소와 함께 방방곡곡으로 떠돌아야 하셨던 아버지의 고단한 세상살이의 체취였다.

그때 나는 그림자처럼 아버지를 따라다니던, 그 말로는 풀어내기 힘든 야릇한 냄새가 너무도 부끄러웠다. "너희 아버지 소 장사 한다며?" 마을의 어른들이, 어린 내가 사랑스러워 건넸을지도 모를 이 말에 쥐구멍이라도 파고들고 싶었다. 그래서 제법 철이 나서까지도 어딜 가든 아버지가 하시는 일을 한사코 숨긴 채 살아야만 했다. 그 쇠똥 냄새가 우리 가족의 생계를 걸머메고 있던 끈이었음이, 그때의 아버지 나이를 한참이나 지나온 지금에서야 비로소 헤아려진다. 이렇듯 삶에의 깨달음에 있어 나는 늘 지각생인가 보다.

시골장의 정취 가운데 압권은 뭐니 뭐니 해도 우시장 풍경이다. 사람들의 왁자그르르한 소란스러움이 없다면 정작 장다운 맛이 날까. 생짜로 뱉어내는 거간꾼들의 걸쭉한 욕지거리가 오히려 정겨움으로 다가드는 곳, 그곳이 바로 삶의 냄새가 물씬 풍겨나는 우시장이다. 특히나 거기서 오가는 대화는 대화라기보다는 숫제 싸움질에 가까워, 그 투박스럽기가 뱃사람들의 악다구니에 하나도 못잖다.

장도막을 이용해 소를 사서는 장날을 기다려 내다 파셨으니, 그러니까 아버지의 한 주일은 닷새였던 셈이다. 오일장이 서는 날이면 아버지는 목 좋은 자리를 차지하기 위해 새벽같이 길을 나서야 했다. 어미 소를 앞장세우고 뿌연 입김을 푸푸 내뿜으며 굽이굽이 산길을 타고 넘을 때, 송아지는 꽁무니에 달라붙어 졸랑졸랑 종종걸음을 친다. 녀석들은 잠시 뒤의 운명을 알지 못하는 슬픈 종족이다. 그저 고분고분 선생님 말씀 잘 듣는 착한 아이들처럼, 주인의 뒤를 따라서 꾸벅꾸벅 발걸음을 떼어놓는다. 이윽고 희붐하게 동녘하늘이 밝아오면 워낭소리가 정적에 싸인 산골의 아침을 깨웠다.

사 와서 시장에다 내놓기까지 짧으면 며칠, 길어야 채 보름을 넘기지 못하는 기간이지만, 아버지는 그 동안에도 부지런히 빗기고 쓰다듬고 매만져 주며 정을 붙이셨다. 아마도 그래서였을 것이다. 팔려 가는 소들의 뒷등을 보면 늘 마음이 짠하다고 하셨다. 미혼모의 아기를 맡아 한동안 돌보다가 입양가정으로 넘겨주는 위탁모의 심정 같다고나 할까. 움머 움머 새끼를 부르는 어미 소의 길고 느릿한 여음 뒤로 음매 음매 어미 소 찾는 송아지의 여린 울음소리가 메아리 되어 울려 퍼지는 우시장의 오후, 생이별한 어미 소의 연신 껌벅거리는 그 커다란 눈망울에 맺혀 있던 그렁그렁한 눈물방울을 나는 지금도 잊을 수가 없다. 사람이든 짐승이든 부디 크고 맑은 눈에는 정 주지 말지어다. 가슴에다 우물 속 같은 공동空洞을 내어놓는 까닭에.

팔리는 순간 그들은 운명이 갈린다. 수 좋은 놈은 농우가 되어 융숭한 대접을 받기도 하지만, 수사나운 녀석은 도수장으로 끌려가 육보시肉布施로 세상과 하직을 고해야만 한다. 마치 갓 생산된 승합차가 날이 날마다 팔도강산을 유람하는 관광버스가 되기도 하고, 허구한 날 시신을 싣고 다녀야 하는 영구차가 되기도 하는 이치처럼. 수십 년 세월 동안 아버지의 손을 거쳐 간 소만도 어림잡아 수백 마리를 헤아릴 수 있으리라. 그들 가운데 몇 놈이나 타고난 제 명을 다하지 못하고 슬픈 최후를 맞았을까. 그 애들을 생각할 때면, 영화 '워낭 소리'의 마지막 장면이 그려지곤 한다.

소를 사서 파는 일이 아버지에게는 하나의 신앙과도 같은 것이었다. 그 옛날 할머니께서 정화수 떠놓고 소지를 올리시듯, 아버지는 늘 기도하는 마음으로 장날을 맞이하셨다. 장이 서는 날이면 꼭두새벽에 일어나 외양간의 불을 밝히고 정성을 들여 쇠죽을 끓이셨다. 무럭무럭 김이 오르는 걸쭉한 쇠죽으로 소의 배가 어지간히 탱글탱글해졌다 싶으면, 등허리와 목덜미의 잔털을 쓸고 다듬으며 곱게 손질을 하셨다. 반들반들 윤기가 나 보여야 제값을 받을 수 있었기 때문이다. 그러고 보면, 우리 일곱 식구의 생계와 다섯 형제자매의 학비는 고스란히 아버지의 손을 거쳐 간 그 소들이 도맡아 왔던 셈이다. 오늘은 또 어떤 작자가 나타나서 흥정을 붙여올는지……. 매번 장을 맞이할 때마다 아버지의 마음은 설렘 반 걱정 반이었으리라.

이따금 시장 길을 지나치다, 좌판을 벌여놓고 애원하는 듯한 눈길로 오가는 길손들을 치어다보는 노점상들의 고단한 표정에서 지난날의 아버지 모습을 만나곤 한다. '저 행인들 가운데 누가 우리 생계에 도움을 줄까.' 그들은 노상 그런 기대와 초조감으로 긴긴 하루해를 보낼 것만 같다. 내 손을 거쳐 건네지는 이 알량한 몇 푼의 돈이 오늘 그들 식구의 한 끼 치의 양식이 되어 줄 수도 있으리라. 한 접시의 찬거리를 마련케 해 줄 수도 있으리라. 이런 생각이 들 적마다 마음이 숙연해지곤 한다.

자질구레한 집안일을 대강 두량하고 난 아침나절 쯤이면, 어머니는 그때서야 내 손을 잡고 장 구경을 나서곤 했다. 그리고는 제일 먼저 들르는 곳이 우시장이었다. 어머니와 나는 무슨 경기라도 관람하듯 멀찍이서 흥정 장면을 지켜본다. 아녀자가 끼어들면 부정 탄다는 옛말을 어머니는 철석같이 믿고 계셨던 것이다. 한참을 쑤군쑤군 알 수 없는 대화들이 오가고 밀고 당김이 거듭되다, 잠시 후 돈다발이 건네진다. 마침내 흥정이 성사되는 순간이다. 아버지의 얼굴에는 아쉬움인지 만족감인지 모를 엷은 미소가 번져나고, 초조하던 내 마음도 덩달아 울렁울렁 파도를 탄다.

어머니는 기다렸다는 듯이 내 손을 이끌어 아버지께로 다가갔다. 뜨끈뜨끈한 장국밥에다 걸쭉한 왕대포 한 사발로 장판의 열기는 후끈 달아오르고, 기분이 거나해진 아버지로부터 어머니의 손에 지폐 몇 장이 쥐어진다. 우리 모자의 장보기는 그때부터 본격적으로 시작되는 셈이다. 어머니는 그 돈으로 이곳저곳 난전을 돌면서 다음 장도막까지 쓸 찬거리와 생필품을 구입하고, 내 운동화며 누비바지며 그리고 학용품 몇 점을 사 주시는 것도 잊지 않았다. 그 시절의 시장 풍경은 이처럼 따듯하고 정겹고 애틋한 모습으로 기억의 곳간에 고이 갈무리되어 있다.

어쩌다 고향집을 들를 때면, 장터의 정취가 그리워져서 우시장으로 발길이 닿곤 한다. 아직도 여기저기에 아버지의 치열했던 삶의 조각들이 흩어져 있는 듯싶어, 눈으로 쓸며 지나간 세월을 더듬어 본다. 아버지의 부푼 꿈과 쓰디쓴 좌절, 설레는 기대와 아쉬운 한숨이 교차했던 곳, 당신으로서는 이곳이 평생을 바쳐 가족이란 힘겨운 등짐을 짊어지고 거친 세파와 싸우셨던 삶의 터전이 아닌가. 아버지는 만일 소라는 동물이 없었다면 세상살이의 의미 자체를 잃어버리고 마셨을는지도 모른다. 재래시장 장사꾼들이 두세 평 남짓한 점포에 자리를 틀고 앉아 꿈을 일궈내듯, 아버지도 이 우시장을 당신의 점포 삼아 팍팍한 삶을 꾸려 나가셨으리라.

거센 세월의 물살을 어찌 이곳인들 피해 갈 수 있었을 것인가. 이제 우시장도 개방화의 파고에 떠밀려 더 이상 지난날의 그 흥성했던 분위기는 어디에서도 찾을 수가 없다. 드문드문 박혀 있는 주인 잃은 빈 말뚝 사이로 휘익 한 줄기 바람이 스치고 지나간다. 해질녘의 쓸쓸한 장터 풍경에서, 십여 년 전 어머니와 사별하고 홀로 늘그막의 외로움을 달래며 조용히 생의 끝자락을 마무르고 계시는 아버지를 만난다.

서산 너머로 뉘엿뉘엿 해 그림자가 드리워지고 장꾼들도 썰물처럼 빠져나갔다. 착잡한 마음을 안고 돌아서 나오는 발걸음 뒤로, 소들의 길고 느릿한 울음소리가 환청 되어 들려온다.

사십 년 만의 귀향

영창에 비친 달이 오늘따라 유난히 환하다. 파란 하늘을 배경 삼아 뭉게구름 조각들이 둥실둥실 떠 흐른다. 이따금씩 바람이 불어올 때마다 마당에 드리워진 달그림자가 너울너울 춤을 춘다.

눈앞에 펼쳐진 한 폭의 풍경화를 넋을 놓고 바라보고 있다. 달도 나하고 눈맞춤을 하느라 움직임이 없다. 그 광경에 취해 있노라니 지나간 날들의 영상이 활동사진처럼 주르륵 떠오른다.

이 순간을 얼마나 손꼽아 기다리고 기다렸던가. 고향으로 돌아가자. 고향으로 돌아가자. 노래처럼 부르고 주문처럼 되뇌어 왔다.

고향 언저리의 산골에다 새 둥지를 마련하면서 마침내 그 원을 풀었다. 푸른 세월을 타관 객지에서 다 보내고 머리에 서리꽃이 피어나기 시작하고서야 이룬 성취다. 턱을 괴고 가만히 헤아려 보니 그새 어언 사십 년이라는 세월이 흘렀다.

'산골로 가는 것은 세상한테 지는 것이 아니다. 세상 같은 건 더러워 버리는 것이다.'

일찍이 시인 백석이 읊었던 절창이 지금의 내 심경을 고스란히 대변해 준다. 그렇다고 백석처럼 나도 세상이 더러워서 산골로 숨어든 것은 결코 아니다. 그동안 세상과 씨름하느라 너무 지쳐 있었다. 이제는 좀 쉬고 싶었다. 지나간 날들을 조용히 되돌아보며 후반전 인생을 의미 있게 가꾸어 갈 꿈을 꾸었다.

수필가 ㅎ씨의 글귀가 생각난다. 아직 한창일 나이에 저세상으로 떠난 친정 오라버니의 죽음을 두고 장례미사 때 신부가 들려준 강론의 말을 그는 이렇게 적고 있었다.

'○○○의 영혼은 너무 순수해서 이 세상에는 맞지 않았을지도 모릅니다.'

나한테는 영혼의 순수까지야 언감생심일 노릇이지만, 마구 정신을 휘둘리게 만드는 도시의 복닥거림이 어쩐지 생리에 맞지 않았던 것만은 부인할 수 없다. 그리하여 지난 사십 년은 끊임없이 도시와 헤어지는 연습을 해 온 시간이었다. 누구는 도시의 활기 넘치는 역동성에서 삶의 에너지가 샘솟는다고 했다. 시골은 고여 있는 물 같아서 도무지 사는 재미를 느낄 수가 없다고도 했다.

그 사는 재미를 느끼지 못하는 데서 나는 오히려 재미를 느낀다. 사람 대신 만나게 되는 무수한 생명체들, 그들은 나로 하여금 그동안 잊고 있었던 것의 소중한 가치를 아프도록 일깨워 준다. 그것은 회색빛 일색인 콘크리트 숲으로부터 벗어나 초록이 지천인 산과 들에서 풍겨오는 건강한 생명의 냄새를 원 없이 맡을 수 있게 되면서 얻어진 무가보無價寶의 수확이다.

사방 어디라도 눈만 돌리면 풀과 나무들이 펼치는 초록의 향연이 연출되고 있다. 그 성대한 축제를 지켜보노라니, 묵은 체증이 한순간에 풀려 내려가는 듯 마음이 편안해 온다. 그러면서 지금껏 생각 없이 잘도 누려오던 편리를 박차고 구태여 군색함을 선택한 스스로의 결정이 참으로 잘한 판단이었음을 절절히 깨닫는다.

어느 하룬들 치열한 생존경쟁으로 인한 정신의 시달림에서 자유로운 적이 있었던가. 순간순간 숨이 가빠오고 나날이 영혼은 황폐화해 갔었다. 이런 나를 향해 고향은 자기를 찾아오라며 줄기차게 손짓을 보냈고, 결국 그의 품에 안기게 되면서 오랜 세월 찰거머리처럼 괴롭혀 온 고질병으로부터 마침내 놓여날 수 있었다.

산골 생활은 문명과의 거리 두기다. 문명과 멀어질수록 호흡은 조금씩 골라지고 영혼은 부쩍부쩍 자라난다는 것을 이곳 산골로 삶터를 옮기고 나서 실감한다.

사십 년 만의 귀향으로, 나는 사람을 잃고 자연을 얻었다. 물 좋고 정자까지 좋은 데가 어디 있으랴. 어느 하나를 위해서는 다른 하나는 포기해야 하는 것이 사람살이의 이치 아니던가.

손익계산서를 뽑아 보니 그래도 잃은 것보다는 얻은 것이 훨씬 더 값어치가 있는 성싶다. 이만하면 나로선 충분히 수지맞는 장사였다.

티 에이치 아이 에스 아이 에스 에이
비 오 오 케이

지금도 그때 생각만 떠올리면 절로 입가에 미소가 번진다, 영어라는 꼬부랑글자를 처음 배우게 되었던 중학 시절의 일을. 손꼽아 헤아려 보니 그새 어언 삼십여 년이란 세월이 흘러갔다.

제3공화국 정부가 들어서고 경제개발 5개년 계획의 기치 아래 한창 '잘 살아 보세'를 외치며 허리띠를 졸라매던 때이니, 내남없이 궁핍에 절어 있기는 마찬가지였다. 자전거 같은 탈 것조차 쌀에 뉘처럼 그리 흔치 아니하였던 그 시절, 나는 오솔길과 신작로로 이어진 길을 시오 리도 넘게 걸어 면소재지에

위치하고 있던 중학을 다니게 되었다. 그때까지 태어나 자라 오면서 늘 부모님 품 안에서만 맴돌던 어리숭한 시골뜨기였던 까닭에 모든 것이 낯설게만 느껴졌었다. 신작로의 가로수도, 덩치 큰 버스도, 무슨 혁명 구호 같은 표어가 붙어 있던 관공서도, 길가에 면한 상점들까지도……

이런 낯섦 가운데서도, 상급학교에 들어가자 초등 시절과 가장 달랐던 점이 영어 과목을 배우게 된 것이었다. 지금이야 유치원 아이들도 줄줄 꿰고 있는 영어에 대한 기초지식을, 그때만 해도 전혀 접할 기회가 없었다. 모든 것이 아쉽고 부족했던 탓에 제대로 된 읽을거리 하나, 게다가 영어책을 구해서 본다는 것은 언감생심이었다. 말로만 듣던 그 이상야릇한 글자를 처음 대한다는 것은, 한편으로는 설레는 일이기도 했지만 한편으로는 두려운 일이기도 했었다.

입학을 하고서 며칠 후 짝이 지어졌다. 나와 짝꿍이 된 아이는 학교에서 그리 멀지 않은 곳에 그의 집이 있었다. 얼굴이 뽀얗고 입성이 단정한 품이 단박에 좀 형편이 괜찮은 집 아이라는 짐작이 갔다. 나중에 알고 보니, 그 아이의 집은 면사무소 근처에서 참한 음식점을 열고 있었다. 그래서였던가, 시골살이면서도 나름대로는 자식 뒷바라지가 그나마 개중에는 나왔던 모양이다.

'티 에이치 아이 에스 아이 에스 에이 비 오 오 케이……'

그 아이는 수업도 시작되기 전에 영어책을 꺼내서는 줄줄 거침없이 읽어나가는 것이었다. 나는 한편으론 놀랍고 한편으론 부러운 눈으로 그의 모습을 지켜보고 있었다. 그 아이는 한참을 그렇게 읽고서는 스스로 우쭐해져서, 잔뜩 주눅이 들어 있던 우리 촌뜨기들에게 한껏 뽐을 내었다. 나는 처음에 그가 상당한 실력을 갖추고 있다고 생각했다. 저 아이처럼 유창하게 영어를 하려면 앞으로 얼마의 시간이 필요할까. 산꼭대기를 오르는 달리기 경주에서 멀찌감치 달아나 있는 토끼를 바라다보는 거북이의 심정이 되었다.

오리엔테이션이다 뭐다 해서 하루 이틀은 그냥 흘러버렸다. 그리고 사흘째 되던 날, 마침내 기다리고 기다리던 영어시간이 찾아왔다. 항용 남의 나라 말을 처음 배운다는 게 야릇한 긴장과 설렘을 동반하는 것이어서, 모두들 선생님의 표정이며 움직임 하나하나에 눈빛을 모으고 있었다. 잔뜩 부푼 호기심이 교실 안을 채웠다.

선생님은 제일 먼저 철자 쓰는 법부터 가르쳐주셨다. 인쇄체 대문자와 소문자에서부터 필기체 대문자와 소문자에 이르기까지 자그마치 일백 자가 넘는 낱글자를, 손에서 익을 때까지 몇 시간에 걸쳐 되풀이하여 연습을 시키셨다. 마치 서예에 갓 입문한 초심자에게 필획 긋는 법부터 익숙하도록 가르치듯이. 마음은 어서 문장 읽는 법을 배웠으면 싶은데 시간을 물 쓰듯 쓰고 있으니 답답하기 짝이 없는 노릇이었다. 그 때까지 그 아이의 '티 에이치 아이 에스 아이 에스 에이 비 오 오 케이'는 무슨 주문처럼 여전히 계속되고 있었다.

한 보름 가까이가 흘렀을까, 마침내 본격적인 문장 공부에 들어가면서 그 아이의 발음은 완전히 사이비영어였음이 결국 들통이 나고 말았다. 그 아이가 '티 에이치 아이 에스 아이 에스 에이 비 오 오 케이'라고 한 발음은 '디스 이즈 어 북(This is a book.)'이 맞는 발음이었음을 나는 그때서야 비로소 알게 되었다. 그 아이는 세상에 둘도 없을 그런 엉터리 영어를 어디서 배웠을까. 참 우습기도 하고 너무 어이없기도 했다. 그만큼 그때 우리는 어리석었고 순박했었다. 개선장군처럼 우러러보이던 존재의 한순간의 추락, 그 아이의 표정이 어떠했는지는 지금으로선 도무지 기억 속에 없다. 다만 그로 인해 말수가 눈에 띄게 줄어들었다는 것밖에는.

상황은 역전되어, 그날 이후로 나는 영어 배우는 재미에 푹 빠져들었다. 낯선 문자에 조금씩 눈이 뜨여 가자 처음에 가졌던 호기심과 두려움은 사라지고 차츰 흥미가 나기 시작했다. 길을 걸으면서도 단어를 암기하고, 밥을 먹으면서도 숙어를 익혔다. 영어책에 나오는 문장들을 덮어놓고 달달 외웠다. 지독한 물질적 궁핍 속에서 배움에 목이 말랐기에 하나하나를 알아갈수록 새로운 세계의 신기한 매력에 이끌려 요사이 그 흔한 참고서나 자습서, 그리고 문제집 한 권 없이 교과서만으로도 무한한 즐거움을 느끼며 참 부지런히 영어 공부를 했었던 것 같다. '존'이니 '브라운'이니 하는 외국 아이들의 이름이며 '스네이크'이니 '타이거'니 하는 동물들의 이름이며 '로스앤젤레스'니 '런던'이니 하는 낯선 도시들의 이름은 색다른 친근감을 갖도록 만들기에 충분했다. 그 어린 나이에, '배우고 때때로 익히면 또한 즐겁지 아니한가.'라고 한 논어의 첫 구절을 어이 알았을까마는, 지금 생각하면 바로 그 기분 그대로였었다고 해도 그리 틀린 말은 아니리라.

그런 내 모습이 선생님의 눈에 들었던지, 공부를 시작한 지 채 몇 달이 지나지 않아서 치러졌던 군내 영어암송대회에 학교 대표로 발탁이 되는 행운이 찾아왔다. 선생님이 손수 만들어 주셨던 원고를 아무 뜻도 모르는 채 덮어놓고 외우고 또 외왔다. 뜻을 알고 외우는 것보다 무작정 외우는 것은 몇 배나 더 힘이 드는 일이었다. 그랬는데도, 어떻게 운이 좋았던지 아니면 노력한 보람이 있었던지 당당히 최고상을 받는 영예를 차지했고, 거기에다가 도내 영어암송대회의 출전권까지 따냈던 것이다.

그 일은 나로 하여금 나중에 커서 영문학도가 되기로 마음의 방향을 트는 물꼬 역할을 하였다. 어린 날의 꿈이라는 게 다 그러하듯, 훌륭한 외교관이 되어 나라 발전에 기여하고 싶다는 막연한 동경의 마음을 품었었다. 비록 그 꿈이 한낱 꿈으로 끝나고 말았다 하더라도, 그것은 지난시절의 내 정신적 토양을 기름지게 해 준 밑거름은 되지 않았을까 싶다.

세상일이란 것이 항상 마음 같지 않아서 어쩌다가 국문학도의 길로 접어들고 말았지만, 어쨌든 당시 영어책은 순정한 시골뜨기에게 낯선 미지의 세계에 대해 무지갯빛 꿈을 키워주었던 전도사였던 것만은 부인할 수 없다. 이따금 우리 아이들이 쓰는 영어책 볼 때면 삼십여 년 전 '티 에이치 아이 에스 아이 에스 에이 비 오 오 케이'라고 자랑스럽게 발음을 하며 우쭐대던 그 아이 생각이 떠올라 입가에 미소가 번진다. 그는 지금쯤 어느 하늘 아래서 살고 있을까. 살아 있다면 지난날의 일을 어렴풋하게라도 기억이나 하고 있을는지…….

    요즈음은 이름조차 생소한 영어 관련 교재들이 홍수처럼 쏟아져 나오는 세상이 되었다. 마음만 먹으면 무슨 책이든 얼마든지 쉽사리 구할 수 있을 만큼 시절이 좋아졌다. 한데도 어쩐지 지난날 그 어려움 속에서도 내 알량한 영어 지식에 도타운 토양을 마련해 준 교과서만 못하다는 생각이 드는 것은 어인 일일까. 그것은 어쩌면 잃어버린 것에 대한 아련한 향수 때문인지도 모르겠다.

    그 아프도록 배움에 목말라 했었던 그때가 오늘따라 무척이나 그립다.

낮술에 취하고 우정에 취하고

쑤욱 달덩이가 솟아오르듯 망산望山 꼭대기에 올라섰다. 거
제시에서 가장 남쪽 끝자락에 자리한 산, 무엇 하나 걸릴 것
없는 망망대해가 파도 소리로 환호하며 우리를 맞는다. 점점
이 떠 있는 다도해의 섬들이 드문드문 돌을 놓아 둔 바둑판같
다. 그 사이를 물고기처럼 유영하는 고깃배의 움직임이 한가
롭다. 묵은 체증이 한순간에 씻겨 내려가는 듯 가슴속이 후련
해 온다.

고등학교를 졸업한 뒤 실로 강산이 세 번이나 바뀐 세월이
흐르고서 갖게 된 여행이다. 어느 여행이든 가슴 설레지 않을
여행이 있을까만, 학창 시절을 함께 보낸 동기생들끼리 떠나

는 나들이이기에 더욱 감회가 새롭다. 그 부푼 기대감에 지난 밤 잠을 설쳤다.

버스가 출발할 때부터 피우기 시작한 이야기꽃이 목적지에 도착할 때까지 세 시간여를 한시도 쉬지 않고 줄기차게 이어진다. 배꼽을 잡게 하는 학교생활의 추억담이며 세파와 싸워 온 무용담들에 귀가 즐거워 사백 리가 넘는 여행길이 하나도 지루하지가 않다. 이야기는 산행하는 내내 끊어질 줄을 모른다. 그만큼 그 긴긴 날들 동안에 쌓이고 쌓인 회포가 많았기 때문일 게다.

이른바 베이비붐 세대로 태어나 풍파 심한 세상에서 생활이라는 힘겨운 등짐을 짊어지고 모두들 용케도 버텨 왔다. 이제 지천명을 넘어 하나둘 반평생 동안 젊음을 바친 직장에서 물러나 새로운 인생을 설계해야 할 시점에 와 있다. 서로 말은 없어도 다들 착잡한 마음이리라.

이윽고 점심시간이다. 각자 준비해 온 도시락을 꺼내 한자리에 펼쳐 놓는다. 김밥이며 통닭, 명태포, 부침개……, 색색의 나물 반찬에 갖가지 과일까지, 보기만 해도 벌써 배가 불러온다. 늘 팍팍한 일상에 쫓겨 변변한 나들이 한번 마음 내기가 쉽지 않은 중년들이 아닌가. 그런 가장을 위해 새벽잠을 반납

하고 준비했을 아내들의 정성에 잠시 감사한 마음을 갖는다.

오찬에다 반주飯酒가 곁들여진다. 평소 밀밭 근처에만 가도 얼굴이 달아오르는 체질이지만 오늘은 기꺼이 한 잔을 마다하지 않는다. 불콰하게 낮술에 취하고 서른 해 만의 나들이가 주는 회포의 정에 취한다. 살아가면서 또 언제 이런 시간을 기약할 수 있을 것인가. 앞으로 다시 삼십 년이란 세월이 흐르고 나면 그때 우리는 또 어떤 모습으로 바뀌어 있을까. 그 의미가 새삼 이 순간을 소중하게 만든다.

망산 풋돌에 기대서서 아득한 수평선에다 눈길을 주고 있노라니 산이 마치 육중한 배가 되어 먼먼 바다로 떠가는 것 같은 울렁증이 일어난다. 세상에서 가장 큰 배, 지금 그 배에 동승하고 있는 마흔 명의 동기생들. 사실 우리는 지금껏 오십 년 세월 동안 삶이라는 바다를 쉼 없이 항해해 왔다. 대체로 순항할 때가 많았겠지만, 어쩌다 폭풍우를 만나 침몰 직전까지 내몰린 적도 더러는 없지 않았을 것이다. 그 애환들을 뒤로하고 이제 중년의 유역을 떠가고 있다.

지구상의 하고많은 사람들 가운데서 동기동창이라는 이름으로 만나 이렇게 한 배를 타고 인생의 노를 저어 온 것이 얼마나 지중한 인연인가. 너르디너른 바다에 봉긋봉긋 솟아 있는 다도해의 섬들같이, 학교라는 울타리를 떠난 이후 이 세상 여기저기에서 흩어져 살아 왔고 앞으로도 또 그렇게 살아가리라. 시시때때로 세상의 풍파와 맞서 싸우며, 삶이 아무리 힘들고 고달플지라도 다들 제 자리를 꿋꿋이 지켜 가리라.

추억을 남기기 위해 카메라 앞에 한 줄로 죽 늘어섰다. 다함께 손나팔을 하고서 저 멀리 수평선을 향해 마흔 개의 입을 모아 목청껏 외친다.

'파도야 비켜라, 우리가 간다.'

 고향집

사람은 떠나도 자취는 남는 것.

어릴 적, 우리 형제들이 때 없이 뛰어다니며 흘려 놓은 웃음 소리, 고함소리가 발자국 자국 따라 풀이 되어 돋아나 다투어 키 재기를 하고 있다.

산 그림자가 놀러 내려와 저 혼자 기웃거리다 가는 고향집 앞마당의 해거름.

시골의 여름

여름은 시골의 계절이다. 도시의 빌딩숲이 겨울 빛깔이라면 시골의 들판은 여름 빛깔이라고 해도 좋으리라. 이 계절이 있어 시골살이에는 겨울의 무채색 권태를 상쇄시키고도 남는 낭만이 있다. 삼십여 년 세월을 도회의 시멘트가루 마시며 살다 지쳐 낙향한 내가 새삼 얻은 하나의 깨달음이라면 바로 이것인가 한다.

오월의 신록이 소임을 끝내고 저만치 물러났다. 하루가 다르게 산천은 푸르름이 짙어진다. 융단처럼 깔리는 눈부신 초록, 거기다 한 차례 소나기라도 지나가고 나면 땅 위에 넘실대는 녹음綠陰의 물결은 넋을 잃게 만든다. 살아 있음이 눈물겹다는 표현이 정녕 이럴 때 실감이 난다. 상추며 가지, 고추, 토마토, 오이……, 흠씬 목을 축이며 다투어 키 재기를 하는 가지가지 채소들은 마음까지 풍성하게 해 준다.

온종일 대지를 달구던 해가 서산으로 꼬리를 감추면, 일찌감치 저녁술을 놓고는 방천으로 산책을 나선다. 문득 마주치는 수많은 개구리들의 울음소리, 그들의 합창은 자연이 연주하는 웅장한 교향악이다. 산천이 떠내려가도록 와자그르르한 그 소리에 귀를 모으고 있노라면 절로 숙연한 마음이 된다. 진리에의 갈증으로 쉼 없이 외는 스님의 독경 소리와 짝을 찾으려고 밤새껏 구애하는 개구리 울음소리 중 어느 쪽이 더 절실할까.

고개를 젖히고 하늘로 눈길을 보낸다. 금가루를 뿌려 놓은 듯 쉴 새 없이 반짝이는 은하가의 잔별들이 황홀한 향연을 펼치고 있다. 여름 하늘이 이처럼 아름다운 줄 미처 몰랐다. 이 밤, 별 바라기를 하며 하얗게 밝힌대도 그리 후회스럽진 않을 성싶다.

여름이 없다면 시골살이에의 행복한 꿈은 일찌감치 접어야 할지도 모르겠다. 모깃불 피워 놓고 살평상에 둘러앉아 먹는 밀국수 맛은 시골살이의 여름이 주는 즐거움의 진수가 아닐까. 잘 익은 수박 한 쪽을 어썩 베어 무는 재미도 거기서 빠질 수 없으리라. 허공을 응시한 채 별들의 움직임에 눈길을 주고 있노라면, 어머니 팔베개 베고 누워 밤하늘 저편으로 사라지는 별똥별을 바라보며 먼 미지의 세계를 향한 동경의 마음을 품었었던 어린 날의 기억이, 습자지에 먹물 번지듯 되살아난다.

누구든 개구리 소리가 듣고 싶고 별빛이 그리운 이들은 시골에 한번 살아볼 일이다. 밤이 이슥하도록 개구리 소리에 취하고 별 바라기를 하며 전원에의 고운 꿈을 꾸어 볼 일이다.

회한

우리네 인생살이란 거지반 뉘우침의 연속이다. 덧없이 흘러가 버린 지난 시절을 조용히 되돌아보면 막상 후회스럽지 않을 일이 어디 그리 있으랴.

이럴 때 후회의 상념은 가슴 저 밑바닥에 정한으로 스며든다. 쓰라린 기억일수록 이 정한의 마음은 더욱 깊어지게 마련이어서, 사람살이의 자국을 남기는 데에 소중한 자양분이 된다.

설사 환희와 감격의 순간일지라도, 따지고 들면 지난至難한 아픔 속에서 피어난 눈물꽃일 때가 많다. 모르긴 몰라도 시대를 뛰어넘어 영원한 가치를 지니는 예술은 열 가운데 여덟아

홉이 기쁨과 행복 혹은 환희의 기록보다는 애수며 아픔이며 정한의 표현일 것도 같다. 그러한 표현이 더 깊이, 더 오래 가슴에 울림으로 남는 법이기 때문이다.

지난 삶에의 회한으로 마음이 울적해지는 날이면 나는 자주 이산 혜연선사慧然禪師의 발원문發願文을 듣는다. 선사의 발원문에 귀를 적시고 있노라면, 서럽게 솟구쳐 오르던 회한이 눈송이처럼 포근히 마음 언저리에 내려앉곤 한다. 이럴 땐 어딘가에 숨어 버리고 싶도록 지난 시절의 삶이 부끄러워진다. 아니, 가슴 저리도록 뉘우쳐져 온다.

'잘못된 길 갈팡질팡 생사고해 헤매면서 나와 남을 탐착貪着하고 그른 길만 찾아다녀……'

이 대목에 이르면 이제껏 생각 없이 저질러 온 숱한 행위들이 얼마나 부질없고 어리석었는지 꺼이꺼이 목울음을 울고 싶을 만큼 뉘우침이 깊어진다. 그리고는 지난 행위들에 대한 느꺼운 반성을 타고 넘어 새로운 다짐들을 마음에 새기게 된다.

수다한 뉘우침 가운데서도 어머니에 대한 불효가 맨 먼저 가슴에 사무쳐와 지워지지 않는 눈물 자국을 남긴다. 사랑은

내리사랑이라 했지만, 내 어머니는 유달리 성취욕이 강하고
자식 사랑이 깊으신 분이었다. 자식을 위해서는 살아생전 헌
고무신처럼 육신을 혹사시키면서도, 정작 당신 자신을 위해서
는 따뜻한 담요 한 장 사 덮지 못하시던 살뜰한 여인이었다.
그러면서 자식이 남에게 빠질세라 그리 넉넉지 못한 형편이었
음에도 우리 형제들에게게만은 허술하게 먹이고 입히지 않는 자
애로운 부모였다. 그런 어머니 덕분에 나는 어릴 때 남들로부
터 항상 입성이 말쑥하다는 소리를 듣고 자랐다.

교육에 대한 열의도 남다르셨던 것 같다. 큰 고기는 큰물에
서 놀아야 한다는 말씀을 입버릇처럼 하면서 결국 열세 살 어
린 나를 도회지 학교로 전학시키신 것도 바로 어머니였다. 가
난한 시골마을에서 대처大處로 유학을 나왔던 사례로서 동네
가 생긴 이래 그때 내 경우가 맨 처음이 아니었던가 싶다. 어
쨌든지 무거운 재물 물려주지 않고 가벼운 재산 쥐어줘야 한
다고 당신은 노래 삼아 말씀하시곤 했었다. 그 가벼운 재산이
란 다름 아닌 학문이며 지식이며 견문 같은 무형의 재화財貨를
두고 이르시던 이야기였다.

대학에 입학하면서 나는 어머니로부터 감색 양복 한 벌을
선물로 받았다. 도시의 아이들에게 있어선 양복이란 것이

그리 대수롭지 아니한 옷일는지 모른다. 하지만 나에게 그것은 당신의 혼이 깃든 지극한 사랑의 정표였다. 그 양복을 마련하기 위해 당신은 얼마나 많은 고역을 감내해야 했던가. 당시 양복은 말린 고추 수십 근을 시장에 내다 팔아야 겨우 장만할 수 있을 만큼 값비싼 입성이었다. 사람들은 항용 쌀 한 톨을 생산해 내는 데 여든 여덟 번의 잔손질이 가야 한다고 말을 하지만, 태양초太陽草 한 낱을 거두어들이는 데도 그에 조금도 못잖은 정성과 노력이 든다고 나는 생각한다. 당신은 그걸 마련하느라 그해 온 여름 내내 등줄기를 볶는 뙤약볕 아래서 비지땀을 흘리셔야 했기 때문이다.

그런 어머니에게 나는 무엇으로 보답을 해 드렸던가. 늘 다음 날로 또 그 다음 날로 줄곧 미루고 미루어만 오지 않았던가. 그래도 훗날 언젠가는 이루어질 줄로만 알고 차일피일해온 세월, 세월들……. 그 세월이 그만 당신을 저세상으로 보내고 나서야 허망하게 끝이 났다.

부모에게 효도하지 않으면 돌아가신 후에 뉘우친다고 한 주자의 가르침을 살아생전에는 미처 깨닫지 못했다. 뼈저린 후회는 결국 사후약방문死後藥方文이 되어 버렸다. 그 대가는 나의 남은 삶에 천형처럼 짊어지고 가야 할 회한으로 돌아오고 말

왔다. 이 회한은 날이 가고 달이 가고 해가 바뀔수록 깊어만
진다.

나는 매년 당신의 무덤에 난 풀을 내 손으로 깎는다. 숨이
턱밑까지 턱턱 차 올라오는 칠팔월의 뙤약볕 아래서도 그 일
을 마다하지 않는다. 이건 어쩌면 뒤늦은 자책으로써 스스로
위안을 삼고 싶은 일종의 마조히즘적 심사에서라고 하겠다.

그리고 비록 글 축에도 들지 못하는 잡문 나부랭이이지만,
쓰는 일에 나름대로 혼을 쏟으려 애쓴다. 어머니가 생전에 당
신의 큰아들이 글쟁이란 사실에 뿌듯한 자랑 같은 걸 지니고
사셨던 것을 생각하면, 이제 보답 같잖은 보답을 할 수 있는
길은 그나마 이 길밖에는 없을 것 같기 때문이다.

아내에 대한 뉘우침도 가슴 한 켠에 멍울을 지우는 일이다.
천명을 안다고 하는 나이인 쉰 고개를 넘긴 지 한참이나 되는
지금까지도 나는 당달봉사처럼 사리 판단에 어두운 편이다.
말하자면 요새 그 흔히 쓰는 표현으로 센스란 것에 완전히 형
광등이라고나 할까. 아내의 생일이라든가 우리 부부의 결혼기
념일 같은 것을 제대로 챙길 줄 모르고, 또 도무지 아내의 속
마음을 헤아리지 못하는 목석연한 사람이다.

남들은 꽃바구니 같은 선물도 잘만 하는데 당신은 그 흔한

속옷 한 벌 사 들고 들어올 줄 모르느냐며 아내가 볼멘소리
를 한 적이 있다. 어느 햇볕 따스한 날 아이들이 모두 외출하
고 모처럼 둘만 달랑 남게 되었을 때 조용히 그 이야기를 꺼
냈던 걸 보면, 아내는 평소 살갑지 못한 내 성정에 대한 섭섭
함이 가슴에 사무쳤던 모양이다. 사실 아내의 생일날 변변한
꽃다발 한 번 선사한 기억이 나지 않는다. 꿀 먹은 벙어리가
따로 있을까, 입이 열 개라도 할 말이 없는 지지리도 못난 위
인이다.

거기서 다가 아니다. 드러내 놓고 아내를 칭찬하는 일에도
도무지 익숙지 못하다. 어쩐지 열없고 낯간지러운 짓인 것만
같은 생각이 들어서이다. 칭찬은커녕 남들 있는 데서 면박이
나 주지 않으면 그나마 다행이다.

이제 가로 늦게 철이 드는가 보다. 그것도 나이라고, 이마에
하나 둘 잔주름이 늘어나고 머리에 서리꽃이 피기 시작하면서
그 같은 나의 태도가 얼마나 허위에 찬 권위의식이며 알량한
자존심이었는지 조금씩 깨달아 간다.

앞으로 아내의 속마음을 제대로 읽어내는 일에 어설픈 시동
을 한번 걸어 볼 작정이다, 더 이상 이런저런 회한이 가슴을
짓누르지 아니하도록. 여기에는 당신 생전의 그 헌신적인 자

식 사랑에 항상 멀뚱히 먼 산 쳐다보기로 허구한 세월 다 보내
버린 내 불효에 대한 보상 심리도 상당 부분 포함되어 있다.
제 버릇 개 못 준다고, 이러한 다짐이 한낱 작심삼일로 끝나고
말지 어떨지는 한번 두고 볼 일이다.

여하튼 이러한 결심으로, 나는 오늘 뉘우침의 나무 한 그루
를 가슴에다 심는다.

3

해우소 가는 길

귀지 파는 아내

세상에 취미치고는 참 희한한 취미도 다 있구나 싶다. 아내의 별스런 습관을 두고서 하는 이야기다.

아내는 심심하면 귀이개를 들고 귀지를 판다. 어쩌다 귀이개가 없는 날엔 면봉도 좋고, 면봉마저 없으면 성냥개비라도 상관하지 않는다. 때로는 새끼손톱도 요긴한 귀이개 대용품이 된다.

내남없이 보릿고개로 허덕이던 지난 시절, 장모님 곁에서 바가지에 달라붙은 밥풀 긁어 먹던 것이 그만 버릇으로 굳어진 때문인가. 아내의 귀지 파기는 정말이지 유난한 데가 있다. 텔레비전 앞에 쪼그리고 앉아 연속극을 보면서도, 방바닥에

배 깔고 엎드려 신간 여성잡지를 뒤적이면서도 손은 귓구멍에 가 있기가 일쑤다.

자기 귀만도 모자라 이젠 가족들까지 아내의 심심풀이 땅콩이 되어 육신의 시달림을 감수해야 한다. 무슨 생체실험 대상으로라도 삼으려는 양 자신의 무릎에다 눕혀야만 직성이 풀리는가 보다. 덕분에 낚시가 취미인 사람에게라면 물고기가 되어 주어야 하고, 사냥이 취미인 사람에게라면 산짐승이 되어 주어야 한다.

어떨 땐 너무 무지막지하게 후벼 파는 바람에 애꿎은 속귀가 상처를 입고서 생고생을 하는 불상사도 생긴다. 한 번 그런 사달이 나고 나면 앞으로 다시는 안 그럴 것처럼 쓰린 후회의 마음을 쏟아낸다. 하지만 까마귀 고기를 먹었는지 '파기 신神'이라도 들렸는지, 얼마 지나지 않아 또 그 유별난 취미가 발동을 하는 것이다.

귀지라는 게 본시 그렇다. 물이 마르면 스스로 알아서 굴을 기어 나오는 가재처럼, 굳이 힘들여 긁어내지 않아도 때가 되면 저절로 귓구멍을 빠져나오게 되어 있다. 이것이 조물주가 설계해 놓은 우리 신체의 기막힌 구조요 원리다.

아내가 생선구이를 할 때면, 나는 등 뒤에 붙어 서서 코로 음미하는 맛을 즐긴다. 그러다가 거기서 하나의 흥미로운 사실을 깨닫게 되었다. 생선을 구울 적에는 함부로 손을 대지 말고 노릇노릇해질 때까지 느긋하게 기다리는 것이 좋다. 진득하니 참아내지 못하고 자꾸 뒤적거리면, 살이 흐슬부슬해져서 결국 생선의 본래 모양이 망가뜨려지고 만다.

우리 몸속의 귀지가 바로 이 요리되는 생선과 다를 바 없다. 아무짝에도 쓸모없이 그저 불결하기만 한 듯싶어도, 귓구멍을 둘러싸고 외부에서 침입하는 박테리아의 세포벽을 분해해 속귀를 지켜주는 파수병 역할을 하는 것이 귀지다. 해서 억지로 후벼 파는 것은 멀쩡한 아군을 제 손으로 처형하는 행위가 된다. 가만히 두면 아무 문제가 없을 일을, 공연히 건드려서 도리어 탈을 내는 결과를 부른다.

건드려서 탈을 내는 것이 어디 귀지 파는 일뿐이겠는가. 정치도 그러하고 경제도 그러하다. 아니, 어쩌면 세상만사가 다 마찬가지인지도 모르겠다. 일찍이 애덤 스미스가 설을 세운 '보이지 않는 손'이라는 경제학 이론이 내 생각의 타당성을 충실히 떠받쳐 줄 법하다.

자유 경쟁이 지배하는 시장은 수요와 공급의 상호작용에 의해 가만히 내버려 둬도 저절로 잘 돌아가게 되어 있다. 흐르는 물줄기를 억지로 막으면 둑이 터져 버리듯, 자연적인 시장 질서에 인위적인 조작을 가하면 어김없이 부작용이 불거져 일을 그르치고 만다. 긁어 부스럼 만든다는 속담이 괜스레 생긴 말이 아니다.

제힘에 맡기고 그냥 조용히 지켜보는 것이 상책이다. 우리네 사람살이에 있어 어떠한 경우에도 절대적인 가치라는 게 없고 보면, 수수방관이 일반적으로는 무책임한 태도로 여겨지지만 이럴 땐 오히려 아주 적절한 처신이 된다. 아무것도 하지 않는 것 같아도 하지 않는 것이 없는 것, 이것이 사실은 가장 잘하는 것이다. 무위자연無爲自然을 부르짖은 노자 사상의 근본 정신 역시도, 사람의 힘을 가하지 아니하고 본래 생긴 그대로 놓아두는 것을 가장 이상적인 경지로 삼지 않았던가.

널리 알려져 있다시피, 중국 요임금 시절은 태평성대로 불리었다. 비가 때맞추어 내리고 바람이 순조롭게 불어 해마다 곡식이 잘 되고 그로 해서 백성들의 삶이 풍요로웠다. 군주가 덕으로써 나라를 다스릴 때 하늘의 축복이 따른다 했으니, 결국 그것은 순전히 요임금의 선정 덕분이었다. 시세時勢가 그랬는데도, 요임금은 자신이 정말 소문처럼 백성들을 잘 다스리고 있는지 어떤지 여전히 안심이 되지 않았다.

어느 날, 요임금은 허름한 옷차림으로 위장을 하고서 민정을 살피러 거리로 나선다. 이곳저곳을 잠행하다 한 마을에 이르렀을 때였다. 백발의 노인들이 손으로 배를 두드리고 발로 땅을 굴려 박자를 맞추면서 노래를 부르고 있었다.

해 뜨면 나가서 일하고(日出而作)
해 지면 들어와 쉰다.(日入而息)
우물 파서 물 마시고(鑿井而飲)
밭 갈아서 먹으니(耕田而食)
임금님의 힘이 나에게 무슨 필요가 있으리오.(帝力於我何有哉)

그 노래가 바로 함포고복含哺鼓腹의 고사로 널리 알려져 있는 '격양가擊壤歌'이다. 요임금은 노래를 듣고 비로소 마음을 놓고서 처소로 돌아갔다고 한다. 물고기가 물속에 살면서도 정작 물을 느끼지 못하듯, 모름지기 백성들이 임금의 그늘 아래 지내면서도 아예 임금의 존재 자체를 의식하지 못할 때 정녕 훌륭한 제왕이라는 소리를 들을 수 있는 것이 아닐까.

최상의 선善은 물과 같은 것이라고 했다. 물은 어떠한 경우에도 억지를 부리지 않는다. 그저 순리에 따라 흐를 뿐이다.

자연의 이치를 거스르면 반드시 탈이 나고 병이 생기게 되

어 있다. 아내가 이따금 속귀에 내는 상처도 바로 이 자연의
이치를 거슬러서 생기는 병이리라.

　앞으로 나는, 아내가 천금을 준다 해도 함부로 귀를 허락하
지는 아니할까 보다.

 연

무릇 세상사가 다 그런 것 같다. 어떤 일이든 첫 경험은 오래 기억의 창고에 갈무리가 되는가 보다, 특히나 그것이 한창 감수성 강할 때 겪은 일이라면.

학창 시절의 어느 늦은 가을날이었던 듯싶다. 그때 무슨 일로 해서인가 교외로 나갔다가, 줄기까지 다 말라 허물어진 연밭에서 뿌리를 캐내는 낯선 광경을 목격한 뒤로 한동안 깊은 충격에서 헤어나질 못했었다. 그리고 그날의 일은 긴긴 세월 동안 의식 가운데서 떠나질 않았다. 물 위로 솟은 모습만을 그것의 전부로 알고 있던 시절, 불가佛家에서 성화聖花로 우러르는 꽃인 연의 뿌리를 캐낸다는 것은 당시 내 정서상으로선 도저히 받아들일 수 없는 불경스런 행위라 여겨졌기 때문이다.

세월의 흐름과 함께 몇 차례 더 이런 광경을 만날 기회가 주어졌었다. 하지만 그럴 적마다, 처음 맞닥뜨렸던 그 뒤통수를 얻어맞은 듯한 충격은 많이 가시었다. 대신 한결 담담해진 마음으로 연의 삶과 우리들 인생행로의 상관관계를 곰곰이 헤아려 보는 특별한 계기로 받아들일 수 있게 되었다. 세상일을 보는 눈이 세월 따라 시나브로 넓어지고 깊어져 온 까닭에서 이리라.

연의 한살이는 우리네 삶의 모습을 그대로 빼닮았다. 연만큼 생로병사의 구분이 확연한 꽃이 있을까. 그의 일생은 참으로 극적이다. 모딜리아니의 그림 속 여인상처럼, 가늘고 긴 목을 뽑아 올리고서 얼 한 점 없는 청순한 자태로 수많은 행인들의 경탄을 자아내다가 어느 순간 허망한 몰골로 사그라지고 마는 그 특유의 생태, 부처의 가르침 제행무상諸行無常의 이법을 가장 명징하게 보여주는 꽃이 바로 이 연이 아닐까 한다.

납작 엎드려 숨죽이고 있던 대지에 서서히 봄기운이 감돌면 크고 작은 생명체들은 비로소 길고 긴 겨울잠에서 깨어나 기지개를 켠다. 연의 새봄도 그렇게 열린다. 예서 쏘옥 제서 쏘옥, 꼭 돋아나는 죽순을 닮은 앙증맞은 잎사귀들이 세상 소식의 궁금함을 이기지 못하겠다는 듯 수줍게 고개를 내민다. 그리고는 축복과도 같은 태양빛의 세례를 받고서 하루가 다르게 하늘 쪽으로 다투어 키 재기를 하는 것이다.

쏟아지는 뭇 개구리들의 울음소리는 연의 여름을 알려주는 전령사이다. 굵은 빗줄기 듣는 날을 골라 한 번쯤 연 밭엘 나가 보라. 우중雨中의 졸업식장 같은 풍경이 연출되는 특별한 만남을 경험할 수 있을 것이다. 잎사귀를 지붕 삼아 도르르 도르르 빗방울을 굴리며 개구리 울음소리에 귀를 모으고 있는 연의 무리들, 그것은 우산을 받쳐 들고서 조용히 축사를 듣고 선 젊은이들의 모습이다.

혈기 왕성한 청춘시절을 지나 장년에 가까워 오면, 마치 폭죽이 터지듯 연은 일제히 참아왔던 망울을 터뜨린다. 죽죽 목을 뽑아 올린 줄기에서 환하게 피어난 수만 송이 꽃들의 표정은, 군무群舞를 즐기는 홍학의 자태 같고 속진에 물들지 않는 군자의 모습이다.

하지만 화무십일홍花無十日紅이라고 했던가. 아무리 아리따운 얼굴도 세월을 비켜갈 수는 없는 법, 애석하게도 연의 이런 모습은 그리 오래 있어 주질 못한다. 이윽고 서녘하늘로부터 선들바람이 불어오기 시작하면 평온하던 연 밭에도 어김없이 시절의 변화가 감지된다. 가을을 일러 숙살肅殺의 계절이라고 읊은 구양수의 글귀에서처럼, 연도 시절인연이 다하면 이 대자연의 질서 앞에 깊이 고개 숙이며 다음 생을 위해 마침내 조용히 숨을 거둔다. 그리고는 온 연 밭 가득 자신들이 남긴 육신의 형해形骸로 뜻 모를 그림문자를 새긴다. 그것은 생사윤회의 무상함을 설하려고 보낸 부처님의 편지이다. 그 편지는 흡사 난수표 같은 것이어서, 마음의 눈으로 읽지 않으면 해독이 불가능한 특수한 상형문자로 되어 있다.

연이 이승에서의 삶과 맞바꾸며 남긴 편지를 그윽이 바라다보고 있노라면, 가섭존자의 미소를 닮은 깨달음이 어렴풋이 번져 나오는 것도 같다. 세상천지의 형상 가진 존재란 존재는 어느 한순간도 머무름이 없이 영원히 생주이멸生住異滅을 계속하며 돌고 도는 무상한 것, 이 절대의 가르침을 허허한 늦가을 연 밭에 서서 배운다.

연꽃을 빼놓고서 불교를 말할 수 있을까. '연꽃' 하면 으레 불교가 생각나고 '불교' 하면 먼저 연꽃이 떠오르는 것은 지극히 자연스런 연상 작용이리라. 그만큼 연과 불교는 인연이 깊다 하겠다. 어찌하여 세상의 무수한 초화들 가운데 하필이면 연꽃이 불교의 표상물이 되었을까.

연은 기묘하게도 인연과 동의어 관계에 있다. 불교의 인연법을 안다는 것이 그리 호락호락한 일은 아닐 터이지만, 어쨌든 절대불변의 진리라는 사실만은 이 연을 통해 어림짐작으로나마 깨달을 것도 같다. 연은 본래 굴지성을 지닌 줄기식물이기에, 땅속 깊이 뻗어나가 전체가 한 덩어리를 이루고 있음에도 물 위로 솟아날 때는 제각기 다른 개체로 모습을 드러낸다.

수면 위에 떠 있는 연을 보았다고 해서 연의 실체를 다 알았노라고 이야기하는 사람이 있다면, 그를 두고 연의 이치를 제대로 깨친 이라고 말할 순 없으리라. 정작 연의 귀함은 눈에 보이지 않는 물 아래 세계에 감춰져 있다. 땅속으로 뻗은 뿌리의 생김생김은 끊어질 듯 끊어질 듯 이어지는 질긴 인연에 다름 아니다. 이 인연들이 얽히고설켜 캄캄한 진흙탕을 뚫고서에서 불쑥 제서 불쑥 곁 고운 꽃송이로 피어나는 것이다. 그러기에 모두가 따로 인 듯 하나다. 물 위에 돋아난 줄기들은 얼핏 홀로 선 개체들로 보이지만, 땅속을 헤집고 들어가면 뿌리를 같이하는 이형동체異形同體를 이루고 있다.

수행자들이 온전히 생애를 걸고 목마르게 찾아 헤매는 진여의 세계도, 그것이 연의 뿌리처럼 쉽사리 세상에 모습을 드러내지 아니하기 때문에 그들로 하여금 지난至難한 고행을 강요하는 것은 아닐까. 또한 우리가 인연법의 오묘함을 반신반의 하는 것도 따지고 들면 그 연유는 결국 마찬가지이리라. 마치 연의 생태에서처럼, 근본은 같은데 드러난 개체는 따로 이다 보니, 사람들은 마음의 눈이 어두워 현시된 상황에만 집착할 뿐 정작 눈에 보이지 않는 세계는 쉬 믿으려 들질 아니하는 것 이다. 설사 그것이 엄연한 진리일지라도.

연이 이처럼 겉으론 딴 몸인 듯해도 그 뿌리는 마침내 하나 이듯이, 인연법으로 들여다보면 우리들 각자도 궁극엔 너와 내가 한 몸인 이형동체의 존재들이다. 따라서 남을 위하는 것 이 곧 나를 위하는 것이란 동체대비同體大悲가 영원불변의 절대 진리란 사실이 자명해진다.

중국 송나라의 문장가 주 염계 선생은, 진흙탕을 뚫고 나왔 으되 더러움에 물들지 아니하고, 향기는 멀수록 더욱 맑으며, 먼 데서 바라볼 수는 있으나 함부로 가지고 놀 수는 없는 까닭 에 연을 사랑한다고 했다. 물론 향기가 좋고 자태가 고와서이 기도 하려니와, 진실로 연이 사랑스러운 까닭은 그 생태적 특 성이 보여주는 현묘한 상징성에 있는 것이 아닐까.

연을 보고서 인연의 이법을 생각해 내지 못하는 이가 있다 면, 그는 마음의 눈이 밝지 못한 무딘 감각의 소유자임에 틀림이 없을 성싶다. 물 밑에 잠긴 연당의 진흙 뻘밭을 파헤치는 광경을 눈여겨 지켜보라. 얼기설기하게 연달은 수많은 뿌리의 매듭들, 만유존재의 인연은 필시 이 눈에 보이지 않는 매듭의 모습으로 얽히고설켜 있으리라. 그 무량한 생명들이 나고 꺼지고 나고 꺼지고를 수도 없이 되풀이하는 동안, 서로의 육신과 육신이 얼마나 실타래처럼 복잡 미묘하게 섞갈렸는지 어렴풋이 짐작이 간다. 그리하여 우리들 주변을 둘러싸고 있는 하찮은 나뭇잎 하나며 풀 한 포기, 혹은 어린 사슴의 눈빛에서도 내 존재의 흔적이 어리비치고 있음을 본다.

　한 송이 한 송이의 연꽃은 바로 우리들 실존자의 모습이다. 그런 까닭에, 설사 불제자가 아니라 할지라도 각자 마음의 연못에다 연 한 포기씩을 심어 두고 세상을 살아가는 것도 퍽 의미 깊은 일일 성싶다.

코 꿰기

송아지가 어느 정도 자랐다 싶으면 아버지는 코뚜레를 꿰셨다. 청소년이 나이가 차면 갓을 씌우고 쪽을 찌워 성년식을 올려 주듯, 미리 마련하여 사랑채 기둥에 걸어 둔 노간주나무 꼬챙이로 송아지의 코를 뚫으셨다.

천방지축인 목매기송아지의 코를 꿰는 일은 생각만큼 그리 만만한 작업이 아니었다. 아버지 혼자의 힘으로선 도무지 감당이 불감당이었다. 그래서 매번 코를 꿸 적마다 마을 사람들의 손을 빌려야 했다. 아침 댓바람부터 이웃들은 다투어 우리 집으로 모여들고, 마치 잔치라도 벌이듯 코 꿰기는 하나의 조촐한 행사가 되었다.

닷 되들이 막걸리 주전자가 거지반 비워지고 담배 한 개비씩 피워 물면, 그 때부터 슬슬 작업이 개시된다. 두 사람은 양 옆에서 단단히 귀를 움켜잡고, 한 사람은 뒤에서 말 타기 자세로 목덜미를 끌어안는다. 아버지는 집게로 집듯 있는 힘을 다해 엄지와 검지로 콧구멍을 움켜쥔다.

송아지는 코가 꿰이지 않으려고 길길이 날뛰며 발버둥을 쳐댔다. 머리를 휘휘 내두르고 연신 음매음매 소리를 내질렀다. 그것은 굴레 씌워지기를 거부하는, 녀석의 마지막 몸부림이었는지도 모른다. 그 애처로운 울음소리를 뒤로하고 드디어 뾰족한 쇠꼬챙이가 콧구멍을 관통하는 순간, 송아지의 코에서는 선홍빛 핏방울들이 눈물처럼 떨어졌다.

이 코뚜레가 생을 마감하는 그 순간까지 송아지의 빛나는 코걸이 장식이 된다. 그 때부터 송아지는 주인의 부림에 절대 복종 하는 충직한 종으로 살아가야만 한다. 송아지의 코 꿰기는, 이를테면 그에게 치러지는 성년식이라고나 할까. 그렇게 해서 송아지는 마침내 한 마리의 일소로 거듭 태어나는 것이다.

사람들은 새로운 사회의 구성원들을 일소로 부려먹기 위해 '제도'라는 걸 만들었다. 그것은 인간의 타고난 동물적 속성을 길들이는 수단이며 야성을 잠재우기 위한 방편이다. 사나운 짐승을 우리에다 가두듯 제도는 자유방임 상태의 인간을 굴레 속에 가둔다. 누구든 제도권으로 편입되는 그 순간부터, 치켜세웠던 갈기를 눕히고 고분고분해지지 않으면 안 된다. 제도에 반기를 들며 일탈을 시도하다가는 가혹한 벌칙 규정에서 자유로울 수 없기 때문이다. 결국 제도는 사람에게 꿰어지는 무형의 코뚜레인 셈이다.

우리네 인생살이에 있어 코 꿰기의 출발은 언제부터 진행될까. 아마 모르긴 해도 초등학교 입학 때가 아닐까 싶다. 학적부에 이름이 올라가는 순간부터 코뚜레와 평생토록 운명을 같이해야 한다. 하기야 요사이는 조기교육 열풍으로 유치원이다 유아원이다 해서 채 학령도 되기 전부터 일찌감치 코 꿰기를 시도하려 든다. 하지만 그 교육기관들은 강제성을 부여받지 못했기에 다니다가 도중에 포기하고 싶으면 언제라도 접어버리면 그만이다. 그러니 어디 학교에다 견주랴. 학교는 가고 싶지 않아도 가야 한다. 그때부터는 하고 싶지 않은 것도 해야하고, 하고 싶은 것이 있어도 참아야 한다. 일소로서의 인내심을 배우기 시작하면서, 겨우 동물적 수준에 머물러 있던 개체가 비로소 하나의 인격체로 대접을 받는다. 그렇게 해서 시작된 코 꿰기는 그림자처럼 줄기차게 따라다니며 우리의 인생을 옭아맨다.

그 수다한 굴레 씌우기는 결혼에 이르러 마침내 절정에 이른다. 결혼이야말로 가지가지의 인간사 가운데서 가장 지독한 코 꿰기가 아닌가 한다. 우리를 뛰쳐나온 짐승이 길길이 날뛰다가도 마취제 한 대에 새색시처럼 온순해지듯, 아무리 망나니 같고 말괄량이 같던 사내아이, 계집아이도 결혼이라는 제도권 안에 편입되고 나면 길들은 양처럼 유순해진다. 인류 사회가 그 제도를 만든 이래 수천 년간 면면히 이어져 온 결혼, 사람은 누구 없이 결혼과 더불어 그만 보이지 않는 코뚜레에 꿰여 끌려 다녀야 하는 신세를 면키 어렵다.

흔히들, 과기瓜期에 찬 처녀가 면사포를 쓰게 되었을 때 총각한테 코가 꿰였다는 말을 한다. 이제 송아지 적의 자유분방하던 생활과는 담을 쌓고 일소로 부림 받으며 살아야 한다는 소리일 게다.

하지만 따지고 들면 이것이 어찌 처녀에게 있어서 만이랴. 결혼으로 인해 코가 꿰이고 마는 것은 어느 누구든 마찬가지 아닐까. 어쩌다 세상사의 얽매임으로부터 어디론가 훌쩍 달아나 버리고 싶은 마음이 충동질을 해도, 꼼짝없이 매여 살아야만 하는 것이 결혼생활이다. 결혼은 그만큼 그 당자의 행동반경을 좁히고 처신에 제약을 가한다. 그것은 원심력의 작용을 구심력의 작용으로 돌려놓는 결혼이라는 제도의 속성 때문인가 한다.

나는 이따금 내가 결혼을 하지 않았더라면 참 좋았을 것을, 하고 후회하는 때가 있다. 무언가 새로운 도전을 꿈꿔 보려 해도 언제나 아내와 아이들이 들어 발목을 잡는다. 결혼과 함께 단단히 코가 꿰여 버린 것이다. 애면글면 돈 벌랴, 꼬박꼬박 집안이며 친지들 대소사 챙기랴, 가장으로서 가정을 건사하는 일로 허리가 휜다. 그러니 언제 한번 내 뜻을 제대로 펼칠 엄두를 낼 수 있으랴. 결혼을 두고서 '인생의 무덤'이라고 일컫는 까닭을 적이 헤아릴 수 있을 것도 같다.

그러면서 한편으론 돌려 속궁리도 해 본다. 만일 내가 결혼을 하지 않았더라면, 이 세상을 떠나야 하는 순간이 왔을 때 과연 무엇을 남길 것인가. 나라고 하는 미미하기 그지없는 한 개체가 잠시 이승에 와서 머물다 갔다는 흔적, 광대무변한 우주공간에다 좁쌀만 한 생명의 씨앗 하나 심어 놓을 수 있게 되었으니 얼마나 괜찮은 선택이었는가를 생각한다. 이것이 결혼 제도가 가지는 지중한 의미가 아닐까 싶기도 하다.

아마도 그래서였으리라. 옛사람들은 결혼을, 자신의 선택에 의한 주체적 결정이 아니라 인간 의지 저편에 자리한 어떤 초월적 존재의 뜻으로 여겼었다. 한 번 코가 꿰이면 그것을 숙명으로 알고 받아들인 것은, 모르긴 해도 그런 연유에서였지 싶다. 여간 못마땅한 마음이 있어도 으레 그러려니 하며 고개 숙이고 살았다. 이것이 그때 사람들의 정서였다.

세상이 참 많이도 변했다. 그 변화의 소용돌이에 부딪히며, 예전의 정서는 흐르는 세월과 함께 쓸려 내려갔다. 요새 사람들은 너나없이 못 이긴 척 참고 사는 것을 더 이상 미덕으로 추어올리지 않는다. 미덕은커녕 오히려 거추장스러운 외투쯤으로 치부해 버린다. 코뚜레는 풀기 위해 있는 것이라는 논리를 그들은 무슨 교리처럼 신봉하고 있는 모양이다. 그런 가치관이 오늘을 지배하면서 그다지 미련도, 주저도 없이 스스로 꿰인 코를 풀어 버리고는 야생 소가 된다. 이렇게 삶의 들판에 우리를 박차고 나온 야생 소들이 날뛰다 보니, 그만큼 세상은 질서를 잃고서 어지러워져 간다. 이러다가 머지않아 코뚜레 자체가 없어지고 마는 것은 아닐는지. 그렇게 되면, 그렇게 되면……

이런 생각을 하며, 가지가지의 인간사로 얼기설기 코가 꿰인 채 가파른 삶의 고갯마루를 허정허정 넘어가고 있는 지금의 내 모습을 돌아다본다. 그러면서 다짐을 놓는다, 앞으로도 나는 언제까지나 내 코뚜레를 아끼고 사랑할 것임을. 그것은 내게 굴레 씌워진 코뚜레야말로 바로 살아있음의 엄숙한 증거라고 굳게굳게 믿기 때문이다.

아! 이 힘에 부치면서도 즐거운 구속.

수·우·미·양·가

대체 어쩐 일인지 모르겠다. 막내가 하늘에 해 박혔을 때 집
에 들어오기는 근래에 드문 일이다. 고등학생으로 올라가고부
터, 방과 후 보충수업이다 자율학습이다 학원 과외다 해서 막
내의 귀가는 언제나 자정 어름이 되어서였다. 그런 녀석이, 오
늘은 여느 때보다 일찌거니 학교를 파하고 돌아온 것이다.

"야~, 내일 아침엔 해가 서쪽에서 뜨겠는 걸!"

적이 의아스러워 하며 은근슬쩍 농조로 던지는 나의 반응에
아이가 고무공 튕기듯 되받는다.

"오늘이 여름 방학 하는 날인 줄도 모르셔요, 아빠는?"

그런 아이의 목소리에 가벼운 들뜸과 회흑빛 피로가 묻어

있다.

온 식구가 한자리에 둘러앉아 저녁상을 받는 것이 실로 얼마 만인가. 오랜 갈증 끝에 목을 축여 주는 상큼한 샘물 같은 시간이다. 우리네 삶이란 이처럼 대개 비구름 아흐레에 햇빛 하루쯤이 아닐까 싶다.

막내가 수저를 들려다 말고 주저주저하더니 겸연쩍은 표정으로 슬그머니 종잇장 하나를 내민다. 그러곤 이내 고개를 떨군다. 뭔가 해서 펼쳐보니, 다름 아닌 학기말 성적표다. 아이가 근 반년 동안, 밤잠과 싸우고 취미생활을 반납해 가며 흘린 땀의 대가가 이 한 장의 인쇄물 속에 고스란히 담겨 있질 않은가. 그런 생각이 드는 순간, 단순한 종잇장 이상의 무게가 마음을 짓눌러 온다.

어디 보자, 지난 한 학기의 학교생활을 녀석은 어떤 기록으로 남겼을까. 설레는 기대를 안고 펼쳐드는 손끝에 바르르 긴장이 실린다. 부모로서의 욕심 같아선 전 과목이 모두 '수'였으면 싶었는데, 쌀에 섞인 뉘처럼 간간이 '우'도 끼여 있고 '미'까지 눈에 뜨인다. 동실동실한 알곡만 영글기를 고대했으나 태반을 쭉정이인 채로 거두어들인 농부의 심정이 된다. '학업 성적이 인생의 전부는 아니지 않아.', 이렇게 자아류의 변설로 애써 위안을 삼으면서도 못내 아쉽고 서운한 마음은 지울 수가 없다. 막내의 통지표는, 불현듯이 삼십 년을 훌쩍 뛰어넘어 나의 초등학교 시절로 기억의 필름을 되감아 놓는다.

수·우·미·양·가 가운데 노상 '가'만 도맡아 놓고 받던 아이가 있었다. 그 아이의 통지표에는 '가·가·가·가·가·가·가……', 이런 식으로 오랏줄에 묶여 감옥소로 끌려가는 죄수들처럼 '가'가 주르르 행렬을 이루었다. 오죽했으면 그 아이의 부모가 '양'이라도 하나 구경해 보는 것이 소원이라 했었을까.

그에 반해 내 통지표는 온통 '수' 일색이었다. 원체 타고난 약골이었던 탓에 어쩌다 체육 과목에서 '우'를 받는 경우가 있긴 했지만, 그것도 좀처럼 드문 일이었다. '수·수·수·수·수·수·수……', 그 모양새는 마치 뭇 병졸들을 거느리고 승리의 깃발을 휘날리며 싸움터에서 돌아오는 개선장군마냥 나를 의기양양하게 만들었다. 그러면서 세상살이에서의 우등생까지나 되는 줄 분별없이 우쭐대며 거들먹거렸었다.

그리고 삼십 년의 세월이 강물처럼 흐르고 흘러, 우리는 이제 어느덧 중년의 유역에 닿아 있다. 그 삼십 년이란, 사람의 처지를 백팔십도로 뒤바꾸어 놓기에 충분한 시간이었다. 신물

나도록 '가'만 받아오던 그 아이가, 어느 날 성공한 사회인이 되어 내 앞에 나타난 것이다. 어쩌다 참석한 동기회 만남 자리에서였다. 있어 보이는 말쑥한 차림새, 품격이 묻어나는 세련된 몸가짐, 좌중을 휘어잡는 유창한 말솜씨, 그는 이미 예전의 그가 아니었다. 그 자리에서 수월찮은 액수의 찬조금을 선뜻 동기회 발전기금으로 내놓는 호기로운 모습도 보여주었다. 장내가 떠나갈 듯 요란스런 박수갈채에 파묻힌 채 그 순간 그는 모든 동기들의 우상이 되었다. 화려한 스포트라이트를 받으며 그는 이렇게 혜성같이 등장한 것이다.

그 박수 소리와 조명이 무대 맞은편 구석자리의 나를 헝겊 인형처럼 납작 쪼그라들게 만들었다. 하루가 다르게 치솟는 기름 값을 걱정하고, 어쩌다 커피 한 잔 접대하는 데도 먼저 주머니 사정부터 따져야 하는 그렇고 그런 생활인으로서의 초라한 내 모습을 더욱 극명하게 각인시켜 주었다. 내가 '수'만 믿고 토끼처럼 자만심에 빠져 요리조리 잔꾀나 부리고 있을 동안, 그는 '가'에서 벗어나기 위해 거북이같이 앞만 보고 한 발 두 발 뚜벅뚜벅 걸음을 재촉해 왔음에 틀림없다. 그리하여 마침내 내가 도저히 따라잡을 수 없을 만큼 먼 지점에까지 달아나 버린 것이다.

학교에서의 우등생이 곧 사회의 우등생은 아니며, 학교에서의 열등생이 곧 사회의 열등생은 아니라는 사실을 요즈음 들어 절절히 체감한다. 인생역전, 이따금 갖게 되는 동기회 만남 자리는 이 드라마틱한 새옹지마의 상황을 확인하기에 다시없이 좋은 기회이다. '수'가 세상이 우러를 만큼 그렇게 대단한 것도, 물색 모르고 우쭐거릴 만치 그렇게 자랑스러운 것도 아닌, 겉만 번드레한 빈 조개껍데기에 지나지 않을 뿐이라는 사실을 깨닫는 데 결국 삼십 년의 세월이 걸린 셈이다.

학업성취도를 평가할 때, 우리의 '가'에 해당하는 등급을 나타내는 말로 서양에서는 'F'를 쓴다. 이른바 권총학점으로 불리는 이 'F'는 '불가不可' 혹은 '낙제'라는 뜻을 지닌 영어단어 'failure'의 머리글자이다. 그것은 실패한 열등생, 구제불능의 낙오자란 불명예스러운 꼬리표이다. 그래서 아예 포기한다는 의미가 그 속에 내포되어 있다고 들었다. 만일 그게 사실이라면 참으로 잔인하고 지극히 비인간적인 표현이 아닐 수 없다. 과연 합리적 사고를 중시하는 그들다운 발상이다.

우리의 '가'에는 가可 곧 '가능성'이라는 격려의 뜻이 담겨 있다. 철 따라 유행이 바뀌듯 세상 이치란 돌고 도는 것이어서, 양지가 음지 되고 음지가 양지 될 수도 있지 않은가. 그러기에 어떠한 경우에도 희망의 가지마저 꺾어서는 곤란하지 않느냐는 생각이다. 그렇다면 애초 가능성의 싹조차 매몰차게 잘라 버리는 영어식 표현에 비해 우리의 '가'는 얼마나 너그럽고, 그래서 얼마나 인간적인지 모르겠다. 그런 가능성에 대한 배려가, '가'의 대명사였던 그 아이를 오늘의 그로 다시 태어나게 한 요인이 되었을 것도 같다. '수·우·미·양·가', 이는 수직적인 높낮이가 아니라 어디까지나 수평적인 질서일 따름이다.

오늘, 막내가 받아온 통지표를 앞에 놓고 혼자서 곰곰이 이 생각 저 생각으로 골똘하다 보니, 밤은 시나브로 깊어 있었다.

교정사

스무 해를 넘게 벼르고 별렀다. 기회가 닿는다면 언젠간 꼭 한 번은 해 보고 싶던 일이었다.

그 길고 긴 기다림 끝에 마침내 인연이 찾아왔다. 앞서 자리를 지키고 있었던 분이 연로하여 더 이상 업무 수행이 어렵게 된 것이다. 흔히들 세월 앞에 장사 없다지만, 눈을 혹독하게 부려야 하는 일의 특성상 나이 듦은 더욱 치명적으로 작용한다. 내 비록 지금 중년의 터널을 지나고 있지만, 다른 건 몰라도 눈 하나만큼은 아직껏 자신하고 있었으니 행운이라면 행운이랄 수도 있겠다.

편집주간이란 직함이다. 사실 듣기 좋으라고 편집주간이지 교정사校正士나 진배없다. 게다가 보수로 따져서도 예전의 일터에 비할 바가 못 되는 초라한 액수다. 그래도 스스로 즐겨 선택한 직업이고 보면, 금전적인 부족분을 충분히 상쇄시키고도 남는 보람이 행복감을 선사해 준다. 우리네 삶에서 돈이란 참 지중한 요소이긴 하지만, 그렇다고 해서 또 돈만이 전부는 아니지 않은가. 사람이 평소 자기가 하고 싶은 일을 하며 산다는 것은 그 무엇과도 바꿀 수 없는 축복이 될 수 있으리라. 그런 나름의 포부를 안고 의욕적으로 나선 출발이었다.

하지만, 막상 원고들을 만나면서 보니 이 일도 생각같이 그리 호락호락하지는 않았다. 문제는 미처 예상치 못한 곳에서 생겨났다. 교정지를 두고 소소한 이유-나중에 가서 그게 결코 소소한 이유가 아니었음을 헤아리고 크게 뉘우친 바 있지만-로 꼬투리를 잡아 시비를 걸어오는 일을 겪게 되면서다.

처음 자리에 앉으면서는 교정이 단순히 틀린 글자 수정에 머무는 작업은 아닌 것으로 알았다. 해서, 문장이며 문맥을 매끄럽게 다듬는 윤문潤文까지를 염두에 두었었다. 문법文法이라는 것이 글자 그대로 '문장의 법도'이고 보면, 오·탈자를 고치고, 비문을 바로잡고 그리고 잘못된 구절이나 어색한 표현을 볼품 있게 손질해 주는 것도 어쩌면 의미 깊은 법보시일 수 있으려니 여겼다. 불가佛家에서도 여섯 가지 보시 가운데 법보시를 으뜸으로 치지 않는가. 그러나 이러한 생각이 애당초 얼마나 가당찮은 자아류의 판단이었는지 일을 해 나가면서 절실히 깨닫게 되었다.

애벌 수정 작업이 끝나면, 교정쇄가 필자의 손에 넘어간다. 대개는 공치사로라도 그동안 수고했다거나 언제 식사 한번 하자는 말로 인사를 전해오는 경우가 상례이다. 또 개중에는 진정으로 느꺼운 고마움을 표해 주는 이들도 있다. 그럴 땐 잠시 일의 피로감이 덜어지고 작은 보람도 느껴진다. 교정사로서의 알량한 자부심이랄까 긍지 같은 것을 갖게 되는 순간이다.

그런데 여기까지만이라면 오죽 좋으랴. 사람이 다 같지는 않아서 글자 한 자, 심지어 구두점 한 군데 찍는 것에도 유달리 까탈을 부리는 이들이 있다. 개중엔 자기가 틀림없이 잘못되었음에도, 당신이 뭔데 남의 원고에다 함부로 손을 대었느냐는 항의성 전화로 심기를 불편하게 만드는 경우도 있다. 이런 모욕적인 언사를 받고 나면 교정은 무엇 하러 맡겼는지 참 난감해지고, 자신이 하는 일에 회의감이 밀려온다.

하기야 돌이켜 살피면 별반 그럴 입장도 못 된다. 내 입맛대로 그들의 원고를 난도질해 놓고 내심 뿌듯하게 여겼는가 하면, 아무도 이의를 달지 못할 것이라고 자신만만해 하며 거드름을 떨었으니 말이다. 나한테 칼자루가 쥐어졌다고 해서 얼마나 생각 없이 휘둘러 대는 무례를 저질렀던가.

자신은 밤을 도와가며 공들였을 남의 소중한 작품을 마음대로 주무르면서, 남들이 내 인생을 고치려 드는 데 대해선 심한 거부감을 가졌었다. 나를 위해 던지는 그들의 진심 어린 충고를 무조건 못마땅하게 여겼다. 쓸데없는 참견으로 치부하고서 새겨들으려 하지 않았다. 세 사람이 길을 가면 그 가운데 반드시 나의 스승이 있다고 가르쳤거늘, 그 말씀에 귀를 여는 데 어찌 그리도 인색했었던가. 역지사지를 헤아릴 줄 몰랐던 스스로의 옹졸함을 새삼 돌아보게 된다.

세상은 하나의 커다란 원고다. 그 속에서 우리는 깨닫지 못하는 사이에 서로가 서로에게 교정사의 역을 수행하고 있다. 이 교정사들의 도움으로 동물적이던 존재가 조금씩, 조금씩 사회적인 존재로 탈바꿈해 나간다. 하나의 반듯한 인격체로 자리매김 하기 위해서는 끊임없는, 마음 수양이라는 교정이 필요하리라. 완벽한 글이 있을 수 없듯이 완벽한 인격체란 존재할 수 없는 까닭이다.

독불장군으로 세상을 살아내는 일이 가능할까. 남들의 눈을 전혀 의식하지 않고 거기서부터 완전히 자유로울 수 있을까. 우리가 평소 옷을 단정히 차려입고, 말을 가려서 하고, 몸가짐을 바르게 가지려는 것 따위는 모두 타인을 마음에 두는 행위일 터이다. 모름지기 사람살이란 늘 이리 재고 저리 살피는 눈치 보기가 아닌가 한다. 그런 가운데서 시나브로 도덕심은 자라나는 것이리라.

군자는 홀로 있을 때에도 언행을 삼간다고 했다. 남이 보지 않더라도 스스로 자신의 감시카메라가 된다는 뜻일 게다. 하물며 내 군자가 아닌 이상 어찌 세상이라는 감시카메라의 눈을 피해 갈 수 있으랴. 그러니, 앞으로는 어쭙잖은 행실을 바로잡아 줄 인생의 교정사로부터 알뜰히 가르침을 받아야겠다고 각오를 다진다.

오늘 아침, 출근해 보니 다시 새 교정지가 책상 위에 올라와 있다. 옷깃을 여미고 자리에 앉는다. 이제 나는 원고를 대하는 자세가 이전과는 많이 달라질 것 같은 예감이 든다.

빠삐따

'처음에는 네 다리로 걷다가 그 다음에는 두 다리로 걷고, 더 나중에는 세 다리로 걷는 짐승이 뭘까?'

고대 그리스 신화에 나오는, 스핑크스가 오이디푸스에게 내었다고 하는 그 유명한 수수께끼다. 웬만한 이들은 익히 들어서 답이 무엇인지 벌써 짐작을 대고 있을 줄 믿는다.

물론 답은 '사람'이다.

사람은 처음 세상에 나와서는 두 손과 두 발로 기어 다닌다. 그러니 자연 네 다리이다. 그러다 차츰 자라면 서서 걷게 되니 두 다리로 바뀌고, 늙어서 육신이 부자유스러워졌을 땐 지팡이의 힘을 빌리기에 이르니 결국 세 다리로 옮겨가는 셈이 되지 않는가.

거기에다가 지금은 네 다리 보조기까지 등장했다. 다름 아닌 유모차라는 물건이다. 유모차乳母車는, 말 그대로 당초 어린 아이들을 태워서 나들이 다니기 위해 고안된 수레 장치가 아닌가. 그런 용도로 만들어진 이동수단이 본래의 쓰임새를 넘어, 이제 나이 많아 몸놀림이 불편한 노인네들의 자가용으로 변신한 것이다. 이를테면 지팡이의 역할을 유모차가 대신하게 되었다고나 할까.

꼬부랑 할머니가 유모차에 몸을 맡긴 채 달달거리고 있는 모습을 보면 마치 어린아이 적의 네 다리로 다시 돌아간 것 같다는 느낌이 든다. 아니, 유모차의 네 다리에다 자기 육신의 두 다리까지 합쳐 모두 여섯 개가 되었으니 어린아이 때보다 오히려 더 퇴화되었다고 해도 그다지 무리한 표현은 아니리라. 세상 이치란 영원불변한 것은 없는 법, 그리 살피면 수수께끼도 시대 흐름 따라 바뀌어져야 할까 보다.

요사이 연만한 어르신들의 술자리에서 '빠삐따'라는 건배사가 한창 회자되고 있는 모양이다. 얼핏 들으면 무슨 전단지에 적힌 선전 문구같이 여겨질지도 모르겠다. 하지만, 생각처럼 전혀 그런 불온한 사상이 깃들어 있는 말은 아니다. '빠지지 말고, 삐치지 말고, 따지지 말자', 이 세 마디의 머리글자만을 따서 외치는 건배 구호라고 한다. '전대협'이니 '경실련'이니 '노사모'니 하는 식으로 하도 삼 음절 줄임말이 유행을 타다 보니 그것들을 본떠 생겨난 신조어가 아닌가 싶다. 하여간 그 기발하고 재미난 발상에 무릎을 치지 않을 수 없다.

농담 속에 진담이 들어 있다고 했던가. 빠삐따 역시 얼핏 들으면 단순한 우스개 같지만, 솜솜 뜯어보면 노인들의 보편적 성향을 썩 그럴싸하게 꼬집어 놓은 풍자어諷刺語라는 생각이 든다. 나이 든 이들일수록 모임 같은 데 잘 빠지고, 별것 아닌 일에도 걸핏하면 삐치며, 대수롭지 않은 사안에도 꼬치꼬치 따지고 들기를 좋아하니 말이다.

사람은 늙으면 도로 아기가 된다는 말이 있다. 밥상머리에 앉아 밥알을 질질 흘리는가 하면, 점잖은 자리에서 콧물을 훌쩍훌쩍 삼키기도 한다. 눈은 침침해지고 귀는 어두워진다. 발음이 어눌해지고 걸음걸이가 굼뜨게 되며 기억력은 하루가 다르게 뭉텅뭉텅 잘려 나간다. 조선 후기의 실학자였던 이익李瀷 선생은 이러한 늙은이들의 특성을 『성호사설』에서 설득력 있게 그려 놓았다.

대낮에는 꾸벅꾸벅 졸음이 오나 밤에는 잠이 오지 않으며, 곡할 때는 눈물이 없다가도 웃을 때는 눈물이 흐른다. 삼십 년 전 일은 낱낱이 기억되어도 눈앞의 일은 문득 잊어버리며, 고기를 먹으면 뱃속에 들어가는 것은 없이 모두 이 사이에 끼어버린다. 흰 얼굴은 도리어 검어지고 검은 머리는 도리어 희어진다. <중략>

눈을 가늘게 뜨고 멀리 보면 분별할 수 있는데 눈을 크게 하여 가까이 보면 도리어 희미하고, 지척의 말은 알아듣기 어려운데 고요한 밤에는 항상 비바람 소리만 들리며, 배고픈 생각은 자주 있으나 밥상을 대하면 먹지 못한다.

어찌 육체적인 변화뿐이겠는가. 정신연령도 따라 감퇴되어 가는 것은 어쩔 수 없는 노화 과정일 터이다. 깜빡깜빡 잊고 벅벅 우기며 부득부득 성질을 부린다. 남의 말에 귀를 틀어막아 버리고는 옹고집이 된다. 그래서 늙어 갈수록 모임 자리에 적극적으로 참석하고, 주위의 상황을 너그럽게 받아들이며, 여간한 일에는 짐짓 눈감아 줄 줄 아는 아량이 필요한지도 모르겠다. 뒷방 늙은이 취급 당하지 않으려면 지갑은 부지런히 열고 입은 꼭꼭 닫으라고 했으니, 따지고 보면 이것 역시 결국 같은 맥락에서 나온 이야기가 아닐까.

나이 들수록 처신하기가 어려워지는 것이 사람인가 보다.

뻐꾸기는 왜

그것은 행운이었다. 동화 속에 나오는 파랑새처럼, 꿈 많은 소년 시절부터 얼마나 찾고 싶어 가슴속 깊이 품어 왔던 소리의 정체인가. 그 소리의 주인공을 사십 년 세월 만에 비로소 만난 것이다. 짜릿한 감동은 때로 지극히 의외의 곳에서도 찾아올 수 있는 것인가 보다. 실로 뭐라고 표현 못할 감격적인 순간이었다.

보리 누름철인 유월 초순경, 화원동산 전망대 아래를 거닐며 산책을 즐기고 있었다. 그때였다. 난데없이 어디선가 '뻐꾹~', '뻐꾹~' 하는 울음소리가 나른한 정감을 불러일으키며 구성지게 들려왔다.

어디서 나는 소릴까. 걸음을 멈추고서 소리의 행방을 쫓아 귀를 모았다. 한참 동안 초조한 기다림은 이어지고 주위엔 정적만 흐른다. 그새 녀석이 기척을 눈치 채고 종적을 감추어 버렸나? 적이 실망감에 허탈해지려는 순간, 뻐꾹 뻐꾹 그 반가운 메조소프라노가 다시 이어졌다.

분명 머리 위에서 나는 소리임에 틀림이 없다 싶었다. 고개를 젖혀 허공을 올려다보았다. 순간, 놀랍게도 뻐꾸기 한 마리가 바로 코앞의 은행나무 꼭대기에 앉아 그 특유의 음색으로 연신 목청을 뽑고 있는 게 아닌가.

처음엔 눈을 의심했다. 뻐꾸기란 놈이 어디 아무 데서나 만날 수 있을 만큼 흔한 새이던가. 심지어 요사이 들어선 그 소리조차 듣기가 힘들어져 버렸다. 그러니, 더군다나 이런 대도시 주변에서 뻐꾸기를 목격하게 되리라고는 상상도 못한 일이다.

하지만 의심은 금세 확신으로 바뀌었다. 울음소리로 미루어 보아 영락없는 뻐꾸기였다. 오래 헤어져 있던 지기知己를 만났어도 반가움이 이러할까. 설레는 마음에 가슴이 두근두근 방망이질을 해댄다.

은밀한 장면을 엿보기라도 하듯 숨을 죽이고서 녀석의 하는 양을 지켜보았다. 놈은 한 번 뻐꾹 하고는 구십 도로 돌아앉더니 또 한 번 뻐꾹 하고는 다시 구십 도로 돌아앉는다. 그러면서 마치 풍향계가 돌아가듯 계속 방향을 바꾸어 가며 소리를 뽑아내었다.

수십 년 세월 동안 여태껏 뻐꾸기들이 이 산 저 산에서 메아리처럼 서로 화답을 하며 우는 줄로만 알았다. 그 생각이 참어이없는 판단이었음을 비로소 눈으로 확인한 것이다. 오래 간직해 온 의문이 마침내 풀리는 순간이다.

그것은 희한한 발견이었다. 뻐꾸기는 왜 같은 자리에서 자꾸 뱅뱅 맴을 돌며 우는 것일까. 어떤 이는 짝을 찾는 구애의 노래라고 했고, 어떤 이는 위험을 알리는 경계의 신호라고 했다. 그런가 하면, 탁란하도록 맡겨 놓은 개개비가 자신의 알을 보살피지 않고 내쳐버릴까 봐 걱정이 되어 그렇게 우는 것으로 해석하는 이도 있었다. 어쨌든 한 놈이 내는 소리가 여러 마리의 소리로 들린 것은, 다름 아닌 뻐꾸기의 그런 특이한 습성 때문이었던가 보다.

어찌 뻐꾸기 소리에 대한 생각뿐이겠는가. 일상에서 마음의 눈이 멀어 있음으로 하여 판단을 그르치게 되는 경우가 한둘이 아니다. 잘못된 판단이 사람과 사람 사이의 갈등을 부르고 관계맺음을 성글게 만든다.

이제껏 나는 늘 세상일들에 대해 내 생각만이 옳다고 여기며 살아왔다. 그것은 일종의 착시며 착각이었다. 아니, 착시나 착각이 아니라 강한 아상我相 때문일 것도 같다.

사람의 판단력이란 항용 얼마나 믿을 수 없는 것이냐. 끊임없이 따라붙어 괴롭히는 '나'로 인해 둘러쳐진 아집의 울타리가 세상의 소리를 듣는 귀를 막아 버렸던 것일 게다.

그날 뻐꾸기 소리는 내게 '너를 벗어던져라', '너를 벗어던져라' 하며 쉴 새 없이 나를 가르치고 있었다.

해우소 가는 길

숨이 막힐 듯 빼곡히 들어찬 아파트 숲을 벗어났다. 잔뜩 쪼
그라져 있던 가슴을 활짝 열어젖힌다. 후우~ 후우~, 두어 차
례 깊숙한 호흡으로 폐부에 찌든 독소를 헹궈낸다. 그리고는
고개를 든다.

순간, 죽 뻗은 신작로가 초대형 스크린이 되어 눈앞에 펼쳐
진다. 훤칠히 트인 벌판 한가운데를 가로지르며 시원스레 뚫
려 있는 길이다. 길이 면한 초입부터 개발제한구역으로 묶여
있어 도심 속의 전원 풍경을 연출해 놓았다. 마치 정갈하게 차
려 입은 우리 옛 여인네의 하얀 저고리와 초록 치마의 대비같
이 구분이 확연하다.

가뭄에 잘박잘박 물이 잦아들어 가는 연못 속의 올챙이들처럼 헉헉 가쁜 숨을 몰아쉬다가도, 여기만 들어서면 어느 시골 마을에라도 온 것 같은 착각에 빠지곤 한다. 독가스 실을 벗어난 듯, 갑갑하던 가슴속이 후련해진다. 복잡한 머리를 식히는 데는 썩 안성맞춤인 곳이다. 서너 해 전부터 내가 이곳을 즐겨 산책로로 삼게 된 것도 순전히 이런 까닭에서다.

약 보름 전쯤의 일이다. 이 날도 여느 때와 다름없이 가벼운 운동복 차림으로 그 신작로를 걸으며 순간순간 달라지는 풍광에 취해 있었다. 전날 소나기 한 줄기가 다녀간 덕분인지 코끝에 감겨드는 풀 냄새, 바람 냄새가 한결 싱그러워 절로 콧노래가 흥얼거려졌다.

그렇게 즐기기를 한 이십여 분이나 되었을까. 길이 살짝 굽어 도는 지점에 이르렀을 때였다. 평소에는 보이지 않던 낯선 글귀 하나가 눈에 들어왔다. 세로로 세운 자그마한 입간판이었다. 이름 하여 '해우소 가는 길', 시중에서 흔하게 만날 수 없는 꽤나 이색적인 상호이다. 얼른 눈길이 갔던 것은 아마 그런 까닭에서인지도 모르겠다. 전문 광고업자를 통하지 않고 자신들이 직접 손으로 쓴 것일까, 서툰 글씨체가 들쑥날쑥 고르지 못하다. 나 좀 보아 달라며 한껏 모양을 낸 번화가의 간판들보다, 꾸밈없는 소박한 품새가 오히려 정겹다.

주인인 듯 보이는 여대생 차림의 아가씨 둘이서 경쾌한 카세트 음악에 맞추어 발랄한 율동으로, 지나다니는 사람들의 시선을 불러 모으고 있다. 그 곁의 간이차림표에 적힌 붉은 매직 글씨, '팥빙수, 아이스크림, 전' 등속의 음식 목록이 조금은 어설프다. 통통 튀는 겉모습에 어울리지 않게 '解憂所'는 유독 한자漢字로 쓰고, 친절하게 글자 옆에다 '풀 해, 근심 우, 밭 소'라고 토까지 달아 놓았다.

그 아가씨들이 해우소의 의미를 익히 알면서도 시선을 끌기 위해 일부러 그렇게 이름을 지었는지, 아니면 애당초 몰라서 그리 명명한 것인지는 나로선 확인할 도리가 없다. 단지 끝의 '소' 자를 '바 소'로 쓰지 않고 '밭 소'라 한 것을 보면, 해우소의 유래에 대해 확적히는 모르고 있지 않나 하는 강한 추측만 불러일으킬 따름이다. 어쨌든 사람들의 내왕이 많은 큰길 한쪽 가장자리에다 간이음식점을 차린 용기가 가상하기도 하고, 또 젊은이다운 풋풋한 삶의 자세가 자못 기특하다 싶어 마음속으로 장사가 잘 되었으면 하고 빌어 주었다.

나들이객들이 띄엄띄엄 자리를 차지하고 앉아 태연스레 삶은 계란이며 음료수며 부침개 같은 음식을 즐기고 있다. 더러는 일회용 찻잔을 앞에 놓고 도란도란 정담을 나누는 사람들도 보이고, 혹간 먼 데 눈길을 준 채 상념에 잠겨 있는 이도 눈에 뜨인다.

그들 틈에 끼여 한몫 거들어 볼 양으로 가까이 다가갔다. 그러다 어쩐지 선뜻 마음에 내키지 않아 발길을 돌리고 말았다. 지난날 경봉 선사께서 뒷일 보는 곳을 일러 '해우소'라고 이름붙인 이래 불가佛家에서는 화장실을 해우소로 부른다는 사실을 그전부터 익히 알고 있었기 때문이다.

아마도 그래서였을 것이다. 자꾸만 께끄름하게 여겨져 비위가 틀려왔다. 그러면서 불현듯 식자우환識字憂患이란 말이 떠올랐다. 그렇다. 애초 모르는 게 약이었지, 알았기에 그것이 도리어 근심이 되고 말았다. 옛 말씀 하나도 그르지 않음을 이럴 때 절감한다.

해우소는, 글자 그대로만 풀이를 하자면 '근심을 푸는 곳'이라는 뜻이다. 그렇잖아도 현대인의 삶이란 이런저런 가지가지의 인간관계로 늘 신경이 혹사당하는 복잡다단한 일상이 아닌가. 그런 세상살이 가운데서 예의 그 거리음식점에 앉아 잠시나마 현실을 잊고 근심을 푼다는 것은 얼마나 괜찮은 의미를 부여할 수 있을 일인지 모르겠다. 관념처럼 무서운 독소도 없을 성싶다. 우리네 삶 가운데서 관념의 지배를 받음으로 인해 본질이 왜곡되는 현상이 오죽 허다히 일어나는가.

프랑스의 전위 예술가였던 마르셀 뒤샹이 생각난다. 그가 뉴욕의 한 전시회에 남자용 변기를 갖다놓고 '샘'이란 이름의 작품으로 발표를 했을 때, 당시의 화단畵壇은 벌집을 쑤신 듯 발칵 뒤집혔었다고 한다. 도대체 이런 당치도 않은 것을 작품이랍시고 내놓았느냐는 비난의 포화가 빗발쳤음은 여기서 더 세세한 부언이 필요치 않으리라. 공장에서 갓 생산된 변기를 미개사회의 원주민들에게 보여준다면, 그들은 음식물 담아먹기에 안성맞춤이라면서 즐겨 그릇으로 사용할지도 모를 일이 아닌가.

변기 이야기가 나왔으니 말이지만, 우리나라에도 수세식변기에 얽힌 재미난 일화가 있다. 지난날 이 땅에 아직 호텔 문화가 널리 보급되지 않았던 시절의 사연이다. 시골 사는 할아버지 할머니들이 당시 최신식 시설을 자랑하던 서울의 S호텔을 방문하게 되었다. 긴 여행길에 모두들 용변이 급했던가 보다. 일을 보려고 한꺼번에 우르르 화장실로 몰려갔다. 그런데 희한하게 생긴 물건에 말간 물이 찰랑찰랑 담겨 있는 것이 아닌가. "옳다구나, 먼 길 오느라 땀도 흘린 김에 얼굴이나 좀 씻자." 이러고는 다투어 세수를 하느라 화장실에서 한바탕 소동이 벌어졌다.

갑작스런 술렁임에 호텔 직원들이 놀라 달려왔다. 하지만, 그들은 할아버지 할머니들의 하고 있는 양을 보고는 그만 석고상이 되고 말았다. 할아버지 할머니들이 변기를 세숫대야인 줄로 알아서 일어난 해프닝이었다. 난생 한 번도 수세식 변기란 것을 본 적이 없는 시골의 노인네들이었으니 충분히 그럴 만도 하겠다 싶다. 지금 생각하면 참으로 웃지 못할 사연이 아닌가.

이 거짓말 같은 이야기가 결코 과장이 아니다. 우리가 변기를 보고서 께름칙한 느낌을 갖는 것은 어디까지나 선입견일 따름이다. 생각하기에 따라서는 변기도 하나의 훌륭한 그릇이 될 수 있다. 관념이 앞서면 판단을 그르치고 만다. 그러기에 틀에 박힌 관념에서 벗어나야만 사물의 본질을 제대로 읽어낼 수가 있는 것이다.

'해우소 가는 길', 나는 조만간 그곳을 다시 찾아 따뜻한 차 한 잔을 주문할까 한다. 그래 두고 그 맛을 음미하면서, 관념의 무서움이며 선입관의 해악이며 그것들로부터 놓여나는 용기 같은 것에 대해 조용히 헤아려 볼 작정이다.

생각이 여기에 머물자, 마음은 어느새 '해우소 가는 길'로
달음질친다.

장마철

마침내 날이 들었다. 얼마나 기다리고 기다려 온 파아란 하늘 자락인가. 근 한 달째 이어진 길고 지루한 장마에 몸도 마음도 지칠 대로 지쳐 있던 참이었다. 이젠 아주 지긋지긋하다는 볼멘소리가 입 밖으로 불쑥불쑥 튀어나오곤 했었다.

살아 있음이 눈물겹다는 표현이 정말 이럴 때 실감이 난다. 우리네 삶의 여정에서 이처럼 찬란한 순간이란 얼마나 자주 찾아와 줄 것인가. 그러기에 오늘같이 눈이 부시도록 쾌청한 날 집 안에만 틀어박혀 지내는 것도 어쩌면 인생을 낭비하는 짓이 되리라.

이럴 때 가벼운 마음으로 즐겨 찾는 곳이 '화원동산花園東山'

이다. 사는 데서 그리 멀지 아니한 곳에 아담한 소공원이 자리하고 있다는 게 여간한 축복이 아니다. 오랜만에 묵은 먼지를 털면서 산책을 나선다. 내딛는 발걸음이 실로폰 소리처럼 가볍다. 속살거리듯 살갗을 쓰다듬으며 흐르는 비단바람에 콧노래까지 흥얼거려진다.

납작 숨죽이고 기다려 온 보람으로 모두들 생명의 찬가를 불러도 좋으리라. 이름 모를 새들은 이 나무에서 저 나무로 포르릉 포르릉 건너뛰기 하며 자기들만의 언어로 소프라노를 합창하고, 꽃사슴은 마냥 신이 나는 듯 경중경중 우리 안을 쫓아다닌다. 빠끔히 고개 내밀고서 대록대록 눈망울 굴리는 개구리의 모습이며, 연신 날갯짓에 분주한 나비들의 움직임이 평화롭다. 이 여린 목숨들이 시련의 시절을 용케도 견뎌내었다. 녀석들은 그동안 어디서 몸을 피하고 있다가 고맙게도 이렇게 다시 찾아와 준 것일까.

햇볕은 가장 품질 좋은 거름이다. 이 천연의 비료는 공해가 없다. 그래서 환경을 오염시키지도 않는다. 연일 계속되던 비로 데친 나물처럼 흐늘흐늘하던 풀과 나무들이, 한 줌의 햇살에 생기를 얻는다. 물기 머금은 줄기와 잎사귀들은 눈빛을 반짝이며 생글생글 미소를 짓고 있다. 모두가 환희에 들뜬 표정들이다. 다시 맞은 광명한 새날을 자축하는 뭇 생명체들의 흥에 겨운 몸짓으로, 우후雨後의 공원에는 한바탕 축제 분위기가 연출된다.

초목금수가 하나같이 장마를 달가워하지 않는 것은 마찬가지인가 보다. 우산도 없이, 쏟아져 내리는 장대비를 무대책으로 맞고 선 모습이 과객처럼 처량해 보여 안쓰러웠다. 처음에는 목마른 대지를 적셔 주던 감로甘露 같은 빗줄기가 아니던가. 그 생명의 젖줄이, 이제는 거꾸로 생명을 위협하는 폭군이되어 목숨 가진 것들을 괴롭혔었다. 속담에 가뭄 끝은 있어도장마 끝은 없다고 했다. 그만큼 장마는 우리를 힘들고 지치게만들었다. 세상 그 무엇이든 도가 지나치면 결국 탈이 되고 만다는 절대의 이치를 새삼스럽게 깨닫는다.

혹간 비가 오는 날 오히려 기분이 좋아진다는 사람들을 만날 때가 있다. 그럴 때면, 참 안된 양반들이구나 싶은 주제넘은 노파심이 고개를 들곤 한다. 그런 사람은 십중팔구 육신에고혈압 같은 지병을 안고 살아가는 이들이라고 보면 거의 틀림이 없기 때문이다. 험구하려고 까닭 없이 얽어 짜낸 허튼소리가 아니다. 충분히 수긍이 갈 만한 과학적 근거를 들이댈 수있으니 감히 자신하게 되는 이야기다.

기상 개황 상으로 들여다보면, 항시 대기가 저기압일 때 비가 몰려오게 되어 있다. 이것이야말로 대우주의 엄숙한 질서이며 법칙이다. 그래서 비 오는 날은 기압이 낮고, 기압이 낮은 날은 육신을 내리누르는 압력도 떨어진다. 이럴 때, 평소 고혈압인 사람은 오히려 정상치 혈압에 가까워지게 된다. 그렇다 보니 자연 기분이 좋아질 수밖에 없는 것이다.

비가 내린다는 일기예보가 뜨는 날이면, 나는 으레 몸이 찌뿌드드하고 맥이 풀린다. 그러면서 마음까지 덩달아 울적해 온다. 게다가 장마철에는 더욱 그런 기분이 깊어진다. 비록 우울증 환자가 아니라 할지라도, 칙칙하고 음습한 분위기가 심신을 잔뜩 가라앉게 만들기 때문이다.

사실 우리네 삶이라는 게 어쩌면 이 장마철 같은 것은 아닐까. 지겹도록 흐리고 비가 오다가도, 이따금씩 파란 하늘 드러내는 즐거운 순간이 찾아든다. 그 한순간의 샘물 같은 기쁨을 위해 지루한 장마철을 묵묵히 참고 견뎌 나가지 않으면 안 된다. 기다림이 길었기에 기쁨은 오히려 배가 된다.

노상 쨍쨍 맑을 수야 없지 않은가. 설사 늘 맑은 날만 이어진다 해도, 우리는 그 변화 없는 따분한 일상에 외려 질식해 버릴지도 모를 일이다. 강렬한 태양이 눈이 부셔서 충동적인 살인을 저지르고 마는, 『이방인』의 주인공 뫼르소처럼.

　사람은 한 번씩 앓아누워 봐야 건강의 소중함을 알게 되는 법. 장마철은 우리로 하여금 인내심의 한계를 시험하는 고통과 시련의 기간이 아닌가. 그것이, 이겨낸 자에게 주어지는 값진 영광의 시절임을, 항시 보내고 난 뒤면 그때서야 깨치곤 한다.

호박꽃

처서가 지났다. 이제 한낮의 열기도 한결 수굿해진 듯하다. 아침저녁으로 불어오는 선들바람이, 여름내 불쾌지수를 끌어 올리던 살갗의 끈적거림을 거두어 간다. 창밖의 그림이 하루가 다르게 짙은 초록에서 연한 황금빛으로 갈아드는 중이다. 그 정경에 눈길을 주고 있노라니, "아, 가을이구나!" 하는 영추송迎秋頌이 나직이 입가에 머문다.

이런 시절이면 또 하나의 은밀한 변화를 감지하게 된다. 다투어 담장을 타고 오르며 키 재기를 하는 호박꽃의 모습이다. 황금빛 나팔을 닮은 송이 송이들이 시샘하듯 꽃등을 켜들고서 벌, 나비들에게 유혹의 손짓을 보내고 있다.

종족을 퍼뜨릴 시간적 여유가 얼마 남지 않았음을 본능적으로 알아차리기 때문인가 보다. 설사 눈여겨 살피는 이 하나 없을지라도 자기만의 빛깔로 부지런히 생의 끝자락을 장식하려는 호박꽃, 누가 알아주건 말건 자신에게 허여된 삶에 온 힘을 쏟는다는 그 뜨거운 열정 앞에서 마음속 깊숙이 잔잔한 떨림이 전해져 온다. 누군가 호박꽃도 꽃이냐고 모멸감을 안긴대도 그는 아랑곳하지 않는다.

호박꽃을 보고 있으면, 코흘리개 시절 시골 학교의 여자 동기생들 모습이 떠오른다. 아무런 꾸밈 짓도, 속임수도 몰랐던 단발머리 계집아이들은 하나같이 호박꽃을 닮아 있었다. 장미처럼 요염하거나 프리지어처럼 세련되지 못해서 오히려 친근감으로 다가오는 꽃, 그 수수하고 순박함이 바로 호박꽃이 지닌 미덕인가 한다.

무릇 사람은, 인물이 잘나면 주위의 다른 이들에게 자신의 뜻과는 상관없이 심적인 피해를 입히게 되어 있다. 잘난 이의 무의식중의 거들먹거림이 못난 이들의 가슴에 무수한 상처 자국을 남기는 것이다. 『밀린다왕문경』 말씀에, 모르고 저지른 죄가 알고 저지른 죄보다 더욱 크다고 했다. 그 가르침대로라면, 금생今生에서 잘난 이는 모르고 지은 업으로 하여 다음 생에서는 틀림없이 못난 이로 환생하지 않을까 싶은 생각이 들기도 한다.

못난 이는 주위의 많은 평범한 사람들에게 위안의 대상이 된다. 필부는 못난 이로 해서 스스로를 위로 받는다. 까닭에 잘난 이들끼리는 자석의 같은 극처럼 서로 배척을 하지만, 못난 이들끼리는 전류처럼 쉽사리 마음이 통한다. 이를테면 동병상련의 심사 같은 것이라고나 할까.

장미꽃에는 가시가 있다고 했다. 맞는 말이다. 꼭 그런 것은 아닐 터이지만, 얼굴 생김생김이 조금 반반하다 싶으면 대체로 성격이 모가 나는 수가 많다. 어릴 적부터, 과녁판에 꽂히는 화살처럼 집중되는 예쁘다, 섹시하다 하는 추어올림이 잘난 이의 콧대를 세 치만큼 높여 놓는 까닭이다.

콧대 이야기가 나왔으니 말이지만, 콧대 높기로야 역사상 클레오파트라만 한 여인이 있을까. '클레오파트라의 코가 한 치만 낮았더라도 세계의 역사는 바뀌어졌을 것이다' 철학자 파스칼이 사백 년 전에 남긴 이 명언이 지금도 사람들의 입에 자주 오르내리고 있음을 보면 그녀의 코가 얼마나 높았었는지 짐작이 간다. 하지만, 그렇다고 하여 꼭 코 자체가 높아서만 그 말이 그처럼 긴 생명을 지녀 왔을 것인가. 그것은 아마 바

늘 끝 같은 자존심의 다른 이름이라 해도 그리 무리한 해석은
아닐 줄 믿는다.

또 달리 생각하면, 한편으론 그를 향해 뻗쳐오는 끊임없는
유혹의 손길에 방어선을 둘러친 결과이기도 하다. 바퀴만 보
면 굴리고 싶어진다고 노래한 시인이 있다. 어디 그 시인뿐이
랴. 예쁜 꽃만 눈에 뜨이면 한번 꺾고 싶은 충동을 느끼는 것
이 우리들 사람의 자연스런 심사 아닌가. 거기에 꺾이지 않으
려는 자기 보호 본능이 발휘되어 가시로 둘러쳐지는 쪽으로
진화를 해 오다 보니, 자연 성질이 모가 나질 수밖에 없지 않
았을까도 싶다.

반면에 못난 이들은 대체로 성정이 유순하다. 오랜 세월 거
듭되는 세상의 구박과 천대와 멸시가 그들의 심성을 순편하게
만들기 때문일 것이다. 우툴두툴 거칠던 바윗덩이가 이리 받
히고 저리 치이며 수도 없이 구르고 구른 끝에 마침내 반들반
들 윤기 흐르는 조약돌이 되는 이치처럼. 결국 잘난 이는 성깔
이 있고 못난 이는 성격이 둥글둥글하다는 것이 지금껏 살아
오면서 내린 나름의 결론이다.

어쩌다 혼자서 기차 여행을 하게 되는 때가 있다. 그럴 때
옆자리에 늘씬한 몸매를 지니고 치렁치렁 요란스런 장식을

한 젊은 여성이라도 앉는 날이면, 눈길을 어디에다 두어야 할지 몰라 내내 바늘방석이 된다. 그에 반해, 평범한 얼굴에 수수하게 차려입은 중년의 여인과 동석하게 되면, 마치 품 넉넉한 이웃집 누님을 대하는 것처럼 그렇게 마음이 편안해질 수가 없다.

반백년, 그다지 짧지 아니한 인생을 살아오면서 나는 지금껏 세상의 수다한 이성들을 만났다. 불행이랄지 아니면 다행이랄지, 그들 가운데 대다수 호박꽃을 닮은 여인들하고만 인연이 되었던 것 같다. 어머니가 그랬고, 또래들이 그랬고, 선생님들이 그랬고, 아내가 또 그렇다. 덕분에 품속의 구슬이 누군가로부터 손을 탈까 봐 그다지 마음 졸이지 않아도 되었으며, 울안의 장미에 가슴이 찔릴까 봐 특별히 신경 쓰지 않아도 그만이었다. 옛말에 미인박명이라고 했지만, 미인만 박명한 게 아니고 어쩌면 그 박명한 미인을 곁에 두고 사는 사내도 따라 박명할 것 같다는 생각이 든다.

호박꽃은, 사람으로 치자면 비록 용모에서는 처지지만 꼭 한번 터놓고 사귐을 가져 보고 싶어지는 그런 사람이다. 내가 평소 호박꽃 같은 여인에게서 더욱 호감정을 느끼는 것도 바로 이런 까닭에서라고 하겠다.

하루가 다르게 가을은 깊어 가고 호박꽃들이 다투어 피어나고 있다. 이런 시절이면, 호박꽃 닮은 어린 날의 정겨운 얼굴들을 다시 만난 듯 마음자락이 푼푼해 온다.

4

생각의 모래알을 줍다

길 위의 사람들

　고샅을 벗어났다. 조붓한 오솔길이 기다랗게 누워 있다. 이생각 저 생각으로 한참을 걷다 보니, 소잔등 같은 등산로가 이어진다. 빼곡히 들어찬 아름드리 갈참나무들이 외로운 나그네를 맞는다.

　수풀 사이를 비집고 도란도란 이야기 소리가 들려온다. 어디서 나는 소릴까. 귀를 모으고서 찬찬히 주위를 살핀다.

　길이 휘움하게 굽어 도는 지점에 이르렀을 때였다. 키가 고만고만한 중년 아낙 세 사람이 시야에 들어왔다. 나란히 늘어서서 산길을 또박거리는 그들의 모습이 자매간처럼 다정스러워 보인다. 그리고 몇 분 후, 우리는 얼굴이 마주쳤다. 순간 서로 약속이나 한 듯 가벼운 눈웃음으로 수인사를 주고받았다.

산책을 즐기다 만난 사람이면 대개 말벗이라도 하고 싶도록 반가움이 앞선다. 특히나 한적한 오솔길 같은 데서라면 더욱 그렇다. 그래서이리라, 생판 낯모르는 사이일지라도 쉽사리 마음을 연다. 금세 길동무가 되어, 자연스레 세상사의 정감이 묻어나는 자질구레한 사람살이의 이야기들을 타래실처럼 풀어놓는다. 그 주고받는 대화 가운데서 다들 그만그만한 생의 애환을 지닌 채 한세상 부대끼며 살아가는 선량한 이웃들임을 확인하고는, 서로가 서로에게 연민의 마음을 갖는다. 이것이 풀과 나무와 개울물과 새소리를 좋아하는 이들의 공통된 정서인가 보다.

불현듯 저 사람들과의 전생의 인연 같은 것이 느껴져 온다. 살붙이인 양 느꺼운 감정이 고개를 내밀기도 한다. 한량없는 인류의 역사 가운데서, 오늘 이 순간을 살아 하필이면 나와 여기 이곳에서 얼굴 마주치게 되었다는 사실이 어찌 작은 인연이라 할 수 있을까. 길거릴 지나치다 서로 옷깃만 스쳐도 전생에 오만 번 이상의 인연이 있었다고 한 불가佛家의 가르침을 어렴풋이나마 깨달을 것도 같다.

비단 내 가족, 내 피붙이에게만 그러하다 할까. 모두가 한동안 길 위를 걷다 어딘지 알 수 없는 원래의 본향으로 필연코 돌아가야 하는 숙명적 존재들이 아닌가. 하기에 무언가 모를 동류의식 같은 감정이 여울져 오는 것이다. 어찌타 사람뿐이랴. 큰 시공의 질서 안에서 살피면, 조물주로부터 목숨 부여받은 생명체들은 하나같이 나와 무량겁無量劫의 인연이 닿아 지금 이 순간을 함께하고 있는 동기동창들인 것을……

"삶이란 누구에게나 단 한 번씩 허락된 일회성의 외출이다."

어느 시인은 우리들 인생에 대해 이렇게 의미를 부여했다. 아, 이 기막힌 비유와 서늘한 통찰에 무릎을 치지 않을 수가 없다.

모두들 그렇게 허락 받은 외출을 나와 고독한 나그넷길을 허위허위 걸어가다 보노라면, 때로는 줄장미가 흐드러진 꽃동산을 만나기도 하고 때로는 진흙으로 뒤범벅이 된 수렁과 맞닥뜨리기도 한다. 사람의 한살이에서 사연 없는 역정이 어디 있으며 곡절 없는 인생이 또 어디 있으랴. 누구에게서든 기쁨과 슬픔의 꽃은 섞여 핀다. 우리가 왜 연민의 마음으로 서로가 서로를 껴안고 보듬지 않으면 아니 되는가의 이유가 여기에 있다.

세상의 많고 많은 사람들에게 나 있는 길은 실로 천 갈래만 갈래이다. 한 갈래의 길이 끝나면 다시 한 갈래의 길이 그 앞에 가로놓인다. 그러기에 어느 누구도 남들과 똑같은 길을 걸어갈 수는 없는 노릇이다.

우리는 어떤 인생행로를 밟아갈 것인가에 대해 순간순간 선택을 강요받는다. 어찌 보면 한 목숨 다하는 그 날까지 이 선택은 그림자처럼 뒤를 따라다니며 줄기차게 이어진다고 해도 그리 틀린 말은 아닐 성싶다. 그 한 순간 한 순간의 선택이 한 때를 좌우할 수도 있고, 십 년을 좌우할 수도 있으며, 더러는 평생을 옭아맬 수도 있다. 그리고 또한 이 선택은 우리들 자신의 의지 안에 자리한 경우도 있고, 우리의 힘으로는 어찌할 수 없는 어떤 큰 존재자의 주재함인 경우도 있을 것이다.

자신의 선택이 아님에도 헤어날 수 없는 가혹한 운명으로 시달림을 받게 될 때면, 세상사에 통달한 이가 아닌 이상 그렇게 이끌어 가는 하늘을 원망하고 신에게 넋두리를 풀어놓게 마련이다. 이것이 나를 이 땅에 내려 보내신 당신의 뜻이었느냐면서.

'기꺼이 운명의 직녀 클로토의 베틀에 몸을 맡기고, 여신이 너를 실로 삼아 어떤 베를 짜든 마음을 쓰지 말라.'

이렇게 충고한 월터 페이터의 가르침은, 미세한 감정의 바

람에도 쉽사리 휘둘리는 갈대 같은 우리네 보통사람에게는 한
낱 공허한 메아리에 지나지 않는다. 그저 기쁠 때 웃고, 슬플
때 울며, 마음 답답할 때 하소연하면서 그렇게 희로애락을 안
은 채 한세상 헤쳐 나가는 데서 보다 인간적인 향기가 풍겨나
지 않을까.

　오로지 길 하나를 소재로 고집스럽게 자신의 작품 세계를
펼쳐 나가는 화가 한 분을 나는 알고 있다. 한때 시청자들로부
터 크게 사랑을 받았던 텔레비전 드라마 '겨울 동화'의 바탕
화면을 그린 이수동 화백이다. 이분의 그림에는 어김없이 화
폭 가득 잎을 다 떨어뜨린 앙상한 겨울나무들이 등장하고, 연
보랏빛 스산함이 이내처럼 드리워진 한적한 오솔길을 동반자
도 없이 홀로 걸어가고 있는 가냘픈 여인의 모습이 나타난다.

　봄꽃의 향기를 기다리는 여심을 표현한 것일까. 겨울나무의
고독을 닮고픈 정서를 형상화한 것일까. 그림 속 인물들의 표
정이 작품마다 제각각이다. 때로는 머리를 들어 먼 곳을 응시
하는 여인이 있는가 하면, 때로는 고개를 숙인 채 하염없이 사
념에 잠긴 여인도 있다. 그 그림들에 그윽이 눈길을 주고 있노
라면, 철학자 키에르케고르 선생께서 설파한 '고독한 단독자'
로서의 인간 존재의 표상이 떠오르곤 한다.

개미가 떼를 지어 길 위를 기어가듯, 우리 모두는 영원히 대를 잇고 이으며 계속될 역사의 길 위에 서 있는 나그네들이 아닌가. 영원무궁한 세월 가운데서 사람의 삶인들 잠시 나타나 꼼지락거리는가 싶다가 이내 어디론가 사라져 버리는 개미의 한살이와 무에 그리 다르랴. 개울가 모래밭에 어지럽게 나 있는 다슬기들의 기어간 흔적 같은 길 위의 무수한 발자국 발자국들, 이것은 보일 듯 보일 듯 애태우는 삶의 길을 찾아 헤맨, 우리 앞서 머물다 간 선인들의 몸부림의 자취이리라.

문득, 금생今生에 필연코 열반을 이루고 말리라는 원력願力을 세우고서 구도의 길에 나섰던 옛 조사祖師들의 아아한 믿음 한 구절이 가슴을 찔러 온다.

'부처님도 원래는 우리 같은 중생이었다.'

쉽사리 나타나지 않는 길을 찾아 안개 속을 헤매고 있는 나처럼 미혹한 범부에게 얼마나 큰 용기가 되어 주는 값진 한마디인가. 아, 그랬었구나. 부처님도 본디부터 부처는 아니었구나.

해탈을 향한 지고한 염원, 그 오롯한 원력을 닮고 싶다. 내 비록 소슬바람에도 마음의 중심 잡지 못하는 가엾은 중생이지만, 품은 뜻만은 어찌 성인聖人의 경지를 흠모하지 않으랴.

무릇 만유 존재가 다 마음바탕에 하나같이 불성을 지니고
있다고 했다. 이 말씀에 크게 위안 받으며, 나는 오늘도 삶의
길 위에다 허정허정 고단한 발자국들을 새긴다.

큰비 내리고 난 뒤

큰물 진 뒤의 강변 풍경을 바라다본 적이 있으신가. 이런 장면을 만난다는 것은 하나의 적지 않은 안복眼福이다.

지금 나는, 낙동강 줄기 화원동산 서북쪽 절벽을 따라 나 있는 산책길을 거닐면서 큰물 진 뒤 펼쳐진 강변의 풍광에 취해 있다. 이것은 언제 어느 때건 쉽사리 맛볼 수 없는 축복의 시간이다.

잠시 정자 마루에 걸터앉아 호흡을 고른다. 강물은 요 며칠 사이 줄기차게 내린 비로 잔뜩 불어나 둑 꼭두머리까지 차 오른 채 넘실댄다. 모든 것을 삼켜 버릴 듯이 도도한 흐름이다. 쉴 새 없이 용틀임하는 물너울에 무연히 눈길을 주고 있노라

니, 마치 노을빛으로 물든 광활한 바다 정경을 바라다보는 것
같은 착각마저 불러일으킨다.

누가 더 큰가 키 재기를 하던 강가의 미루나무들이, 밑둥치
를 죄 물속에 숨기고선 겨우 목만 내놓은 채 숨을 헐떡이고 있
다. 둔덕 위에 선 나무들에선, 한동안의 가뭄으로 켜켜이 엉겨
붙어 있던 잎사귀의 흙먼지들이 빗물에 말끔히 씻겨 내려가
본래의 진초록 빛깔이 한결 선명하다.

우리 삶 가운데서 이런 광경을 만날 수 있는 날이 한 해에
며칠이나 되랴. 일상사의 자질구레한 아귀다툼으로 꽉 막혀
있던 응어리가 한꺼번에 풀리는 듯 가슴속이 후련해 온다. 아!
조물주의 힘이란 실로 위대하구나. 이렇게나 많은 물을 어디
에 꼭꼭 숨겨 두었다가 한꺼번에 쏟아내는 것일까. 늘상 마음
속에만 간직하던 시퍼런 두려움과 공경심을 오늘 이 대자연의
조화 앞에서 새삼스럽게 깨닫는다.

빈 수레가 요란하듯 산골 물은 얼마나 시끄러운가. 큰 그릇
일수록 목소리가 낮은 법, 귀청을 뚫을 듯이 왁자하던 산골 물
도 흐르고 흘러 마침내 강심江心에 다다르면, 소리는 죽고 메
아리 같은 여운만이 남는다. 장엄한 침묵의 세계 그대로다.

불현듯 일여덟 살 어린 시절이 영화 속의 한 장면처럼 선연

히 떠오른다, 어머니와 함께 거룻배에 몸을 맡긴 채 시원스럽게 불어오는 강바람을 맞으며 저쪽 강 건너의 외가 길을 오가던 때의 추억이.

그 시절만 해도 밑바닥의 자잘한 모래알갱이까지 훤히 들여다보일 만치 참 강물이 맑았었다. 잘 닦아 놓은 유리알 같았던 물빛, 양손으로 한 움큼 떠 그 자리에서 꿀꺽꿀꺽 들이켜고 싶은 충동이 일 정도였다.

폭이 넓어서였을까. 찬찬히 살피지 않고서는 흐름을 거의 헤아릴 수 없을 만큼 물살은 느릴 대로 느렸다. 그 느릿한 걸음의 강물 속을 한가롭게 헤엄쳐 다니던 잉어며 피라미며 버들치며 그리고 다른 이름 모를 물고기 떼를 호기심 어린 눈망울로 유심히 들여다보던 기억이 난다.

그때 어머니로부터 당신의 할아버지 이야기를 자주 들었었다. 어머니의 할아버지께서는, 이즈음 같은 여름날이면 낚싯대를 둘러메고 강으로 나가 펄떡펄떡 뛰는 팔뚝만 한 잉어를 낚아 오길 즐겨하셨다고 했다. 그 동화 속 정경 같았던 말씀이 꼭 엊그제 일처럼 새록새록 되살아난다.

이렇게나 아름다운 강물이 아니던가. 그러던 것이, 이제 일상의 강은 더 이상 낭만을 노래 부를 만한 그런 멋스러운 공간이 못 된다. 분별없이 마구 먹고 마시고 토해 놓은, 헤아릴 수 없는 우리들 수다한 욕망의 찌꺼기들로 인해 그만 역한 냄새가 코를 찌르는 황폐한 강이 되고 말았다. 그것도 불과 몇 십 년 사이에. 잉크를 풀어놓은 듯, 온갖 생활하수며 공장의 기름때로 찌들어 버린 푸르죽죽한 물빛, 오늘을 살고 있는 우리네 심성이 이 강물 빛 같지나 않을는지······.

해마다 이맘때쯤이면 태풍에 동반된 폭우로 큰물이 한두 차례씩 쓸고 지나간다. 그러고 나면 한동안은 그나마 상황이 많이 나아진다. 그리 길게 가진 아니할 것 같은 맑음의 회복 기간이지만, 어쨌든 한때나마 맑음이 있어 준다는 사실만으로도 그저 감사하고 감사할 일이 아닌가. 이것은 어쩌면 자연이 우리에게 베푸는 조건 없는 용서일 터이다. 하지만 용서받지 못할 일을 용서 받아 놓고도 우리는 조금의 뉘우침 없이 다시 또 예전의 그 잘못을 똑같이 되풀이해 버린다. 이것이 인간이다. 왜 이리도 인간은 분별없이 어리석고 아둔한 존재인지 모르겠다.

욕망의 끝에는 결국 허망함만이 남는다는 걸 불행하게도 우리는 깨닫지 못하고 살아간다. 이것은 틀림없이 참담한 비극으로 돌아오고 말 것이다. 모르고 저지른 죄가 알고 저지른 죄

보다 더 크다는 『밀린다왕문경』의 말씀에서처럼.

이런 생각을 하며 다시금 황토 빛 강물에 찬찬히 눈길을 보낸다. 자연이 지닌 절대의 성품에 비하면 인간의 알량한 재주란 얼마나 하잘것없는 것인가. 저 끝 간 데 모를 넉넉함, 저 서두르지 않는 여유로움, 강물은 이 순간 일상의 자질구레한 이해관계로 아귀다툼하며 한세상 부유하다 가는 옹졸한 우리를 더없이 부끄럽게 만든다.

자연은 인간이 자신을 내맡기고 우러러 받들어도 좋을 훌륭한 스승이다. 이 스승은 눈 밝은 사람 앞에 언뜻언뜻 우리의 한껏 높아진 콧대를 세 치만큼만 낮추고 살라는 무언의 가르침으로 다가오곤 한다.

오늘 나는, 유유히 흘러 가뭇없이 사라져 가는 강물을 바라보며 대자연의 가없는 너그러움과 웅숭깊은 겸허를 배운다.

 # 생각의 모래알을 줍다

해운대 앞바다를 거닐고 있다. 가물가물 끝 간 데 없이 펼쳐진 백사장, 눈이 부시게 반짝이는 금빛 모래가 파아란 바닷물색과 어우러져 좋은 대비를 이룬다. 대체 이 하고많은 모래알갱이들이 언제 어디서 어떤 사연으로 이곳까지 실려 오게 된 것일까.

아마도 여기 모래들의 먼 조상은 본시 어느 깊고 깊은 산골짜기의 집채만 한 바윗덩이였으리라. 허구한 나날들을 부산을 떨면서 서로 부딪치고 떠다밀고 섞갈리는 기나긴 여정 끝에 마침내 실향민이 되어 이곳에 몸을 뉘고 있는 것이리라. 어느 미지의 세계를 꿈꾸고 있기에 자신이 정붙이고 살던 심산계곡을 버려두고 이렇게 타관살이의 아픔을 겪어야 하는 걸까. 청운의 뜻을 가슴에 품고서 고향을 등진 채 무작정 대처로, 대처로 찾아든 뿌리 잃은 우리네 삶의 모습과도 같아 무슨 동병상련 같은 감정이 느껴져 온다.

모래의 성정은 무엇보다 그 바탕이 부드러움이다. 거추장스런 구두와 양말을 훌훌 벗어던지고 맨발인 채로 서푼서푼 걸음을 옮겨 본다. 자잘한 모래알갱이들이 발가락 사이사이로 비어져 나오면서 고물고물 바닥을 간질인다. 어린아이 손등 같은 보송보송한 감촉, 아무리 밟고 매만지고 쓰적거려도 모래는 살갗에 작은 상처 하나 입히지 않는다.

그렇다고 해서 그들이 처음 생겨났을 때부터 지금과 같은 유순한 성정을 지녔던 건 물론 아닐 것이다. 삐쭉삐쭉 모가 나고 우툴두툴 거칠었음에 틀림이 없다. 수천수만 번 거듭되는 물살의 정을 맞고서야 마침내 보드랍고 살가운 이 백사장의 주인공들이 되었을 게다. 하기야 이것이 어디 모래알갱이뿐이겠는가. 까탈이 심하던 젊은 날의 불칼 같은 성질도, 무수히 걷어차이고 쥐어 박히고 뒤채이는 아픔을 겪고서야 비로소 야들야들 순편한 가슴을 지니게 되는 것이 아닐까.

백사장의 금모래만 보면 자주 돌아가신 어머니 생각이 난다. 갓 서른을 넘기자마자 얻은 류머티즘관절염으로 한평생을 고통 속에서 부대끼다 가신 어머니, 지난날 당신께서 살아 계실 때는 여름철이면 연례행사처럼 동네 아낙들과 어울려 그리 멀지 않은 강변으로 모래찜질을 다녀오시곤 했다. 유치원 아이들이 소풍을 가듯, 모래찜질은 그 시절의 부녀자들에게 주어지던 그리 흔치 아니한 생활의 활력소 가운데 하나였다.

백사장은 천연의 찜질방이다. 칠팔월의 태양이 이글거리는 한낮, 장작불로 달군 듯 화끈거리는 모래더미 속에다 온몸을 푹 파묻고 있으면 그 열기가 피부에서부터 서서히 오장육부와 뼈마디 사이사이로 전해져, 신경통이며 관절염 같은 만성질환에는 그만이었단다. 그렇게 한두 차례 모래찜질을 다녀오고 나면 얼마 동안은 한결 지내기가 수월하다며 어린아이처럼 마냥 즐거워하곤 하셨다. 그런 어머니였건만, 모래알처럼 이름 없이 사시다 덧없이 스러지고 말았으니 생각하면 마음이 애잔해 온다.

바닷새며 사람들의 좋은 놀이터로도 백사장만 한 곳이 있을까. 망망대해를 거침없이 날다 지친 갈매기들이 잠시 내려앉아 쉬면서 모래 위에다 오종종한 발자국들을 수도 없이 남겨 놓아도, 금세 파도가 와서 씻겨 주어 일시적으로 헝클어져 있던 모습을 본래대로 되돌려 놓는다. 그뿐이랴. 찌는 듯한 무더위에 지친 고단한 심신을 달래려고 찾아드는 피서객들에게도 모래는 기꺼이 자리를 내어준다. 그들은 이 자유의 공간에서 며칠간의 달콤한 휴식으로 일상에 찌든 삶의 피로를 털어내고 새로운 활력을 얻어 간다. 이것은 모래가 베푸는 무주상보시가 아닌가.

백사장은 바닷가 아이들의 추억의 제조공장이다. 모래성을 쌓는 아이, 조개껍데기를 주워 소꿉장난을 하는 아이, 파도에 몸을 맡기고 시간 가는 줄 모르는 아이, '두껍아, 두껍아, 헌집 줄게 새집 다오.' 이런 귀에 익은 동요를 부르며 그 너른 모래 벌판에서 호연지기를 기르던 어린 날의 고운 기억을, 바닷가에서 나고 자란 사람들이면 갖지 않은 이 누가 있을라고.

혹자는 파편화된 현대인의 삶을 해변의 모래알에다 빗대기도 한다. 세상 사람들이 다 그리 여긴대도 나는 그 말에 전적으로 동의하진 못하겠다. 하기야 점성 없음이란 그의 외면적 속성만을 두고 따진다면 고개가 끄덕여지는 면이 전혀 없는 건 아니지만, 설사 그렇다고 해도 모래로선 퍽 억울한 일이 아닐 수 없다. 이때의 모래알이란 근본 파란 꿈으로 가슴 부풀었던 어린 시절의 그 금빛 백사장을 두고 이른 말은 아닐 줄 안다.

모래란 자기 고집을 내세우지 아니하는 살가운 녀석이다. 파도가 와서 때리면 때리는 대로, 아이들이 달려들어 모래성을 쌓으면 쌓는 대로, 얼마든지 그들의 취향에 따르도록 내맡겨 둔다. 사람들이 이따금 모래로 근사한 예술작품을 빚어내기도 하지만, 한 번의 파도에도 여지없이 허물어져 본래의 평형상태로 되돌아가 버린다. 불가의 가르침인 무상의 이법을 가장 확연히 깨닫게 하는 존재가 바로 이 모래가 아닐까 싶다. 여름날 그 특유의 시원스런 풍광으로 피서객들을 불러 모으다가도, 이내 썰물처럼 빠져나간 사람들의 모습을 그리며 겨울날의 쓸쓸하고 황량함을 저 혼자 묵묵히 견뎌내야 한다. 모래는 여기서 인욕忍辱을 배운다.

해운대 백사장은 모래들의 중간기착지에 불과하다. 애초 못 말리는 집시의 성향을 타고나서일까, 이들의 길고 긴 방랑은 아직도 끝나지 않았다. 들여다볼 수 없는 깊은 바다 속 어느 미지의 세계를 향한 동경의 마음을 버리지 않고 있기에 그는 그 거대한 몸뚱어리를 밤낮 쉴 새 없이 들썩인다.

그러다가 거센 폭풍우 휘몰아치는 어느 여름날, 긴긴 세월 정들었던 백사장을 떠나면서 모래는 그의 타고난 집시로서의 일생에 마침내 종지부를 찍을 것이다. 그리하여 완전한 정착의 꿈을 이루는 날, 비로소 고단한 역정歷程을 끝내고 깊은 안식을 얻게 될 것이다. 그리고 영원의 삶을 꿈꿀 것이다.

그 때는 거기서 또 다른 소임을 맡게 될 테지. 혹독한 아픔을 겪어 본 사람이라야 남의 세정細情을 아는 법, 모래는 자신이 깊은 산중의 바위였다가 자잘한 모래알갱이로 육신이 부서져 오는 동안 겪었을 숱한 고통으로 인해 마음 아픈 자의 서러움을 속속들이 헤아린다. 그 푼푼한 가슴으로, 신변의 위험이 닥치면 몸을 숨기고서 겨운 삶을 꾸려가야 하는 힘 약한 바다 생물들의 안전한 피난처 역할을 톡톡히 해낼 것이다. 뭇 생명들을 보듬어 키워내는 일로 삶의 보람을 삼을 것이다. 그렇게 지심地心 깊숙이 파묻혀 누대 만년의 세월을 지내오는 동안 모래알갱이들은 다시금 단단히 굳어져, 지각 요동치는 어느 여름날 거대한 융기작용에 의해 본래의 모습이었던 집채만 한 바윗돌로 환생할 것이다.

오늘 나는 광활한 해운대 백사장을 거닐며, 이 우주공간 만유 존재의 가고 머무름이며 달라지고 같아짐, 그리고 순간과 영원 같은 것들의 의미를 붙들고 하염없이 생각의 모래알을 줍는다.

말씀 없는 선지식

　수백 성상을 세월 속에서 침묵해 왔을 동구 밖의 느티나무는 기억하리라, 자신의 그늘 밑에 와 쉬었다 가고 쉬었다 가면서 수도 없이 갈마들었을 하고많은 인생들의 도란거리던 이야기 소리를. 껄껄껄 유쾌하게 터뜨렸을 너털웃음의 잔상들을.

　오늘도 나무는 예전 그 모습 그대로 묵중하게 자신의 자리를 지키고 섰건만—하기야 나무인들 흐르는 세월 앞에 어이 영원불변할 수 있을까마는—한 시대를 같이했던 주위의 지인知人들은 하나, 둘 우리 곁을 떠나고 있다. 상머리에 둘러앉아 정답게 밥숟가락 놀렸던 가족들이며 골목길에서 아침저녁으로 얼굴 마주치던 마을의 어른들이, 시간의 수레를 타고 저세상 사람이 되어 가는 것을 두 눈으로 지켜본다. 그럴 적마다 천 길 낭떠러지 앞에 선 것 같은 아뜩한 전율감이 밀려든다. 아, 나 또한 언젠가는 저들처럼 필연적으로 떠나야 하는 존재가 아닌가. 올 때도 나의 뜻이 아니었듯 갈 때 역시 내 의지 밖의 일이기에, 그것은 서늘한 실존적 두려움으로 다가오는 것이다.

철없던 시절엔, 사람이 죽을 때마다 무슨 놈의 차례가 그렇게도 복잡하고 예법이 그처럼 까다로우냐며 늘 볼멘소리를 해 댔었다. 그냥 간단히 치다꺼리해서 산에다 맡겨 버리든지 아니면 깨끗이 태워 없애면 참 편하고 좋을 것을, 오일장五日葬이니 칠일장이니, 소렴小殮이니 대렴이니, 아침저녁으로 올리는 상식上食이며 소상小喪 때까지 어쩌면 청승맞다 싶을 정도로 계속되는 조곡朝哭……, 이런저런 가지가지의 형식과 절차들이 너무도 번거롭고 귀찮은 일이라고 생각했었다.

이제 가로 늦게 철이 드는 것일까. 반평생을 넘어 살고 난 지금, 비로소 한 소식 깨치게 되었다. 죽음, 그 어둡고 외진 길은 한번 가기만 가면 다시는 돌아올 수 없는 영원한 결별이기에, 사자死者 앞에 갖은 예를 차리는 것이 아직 살아남아 있는 자들이 취할 최소한의 도리란 사실을.

어른들 말씀에 죽음은 차례 걸음이라 했다. 그것은 세상에 모습 갖추고 생겨난 이상 그 누구라도 언젠가 꼭 한 번은 받아야만 하는 지극히 공평한 신의 선물이다, 단지 조금 앞서 받고 조금 늦게 받고 하는 시간상의 문제일 뿐. 선물은 분명 선물인데 아무도 선뜻 나서서 수령하고 싶지 않은 저승사자의 하사품, 보낸 곳도 모른 채 느닷없이 배달되어 와 가능하면 눈 돌려 피하고 싶은 '행운의 편지'와도 같은 것, 이것이 바로 죽음이 아닌가.

죽음은 한시도 놓치지 아니하고 그림자처럼 뒤를 밟으며 우리에게 두려움을 선사한다. 몽달귀신 이야기를 듣고서 걸음아날 살려라 줄달음치면 칠수록 무서움이 더욱 커지듯 뿌리치고 도망가려 할수록 그 두려움은 더 한층 깊어지는 법, 우리가 온전히 생을 걸고 추구하는 모든 예술적 행위도 사실 따지고 보면 결국은 죽음의 두려움을 뛰어넘으려는 몸부림에 다름 아닐 성싶다.

하지만 신이 쳐 놓은 죽음의 그물은 너무나 넓고 촘촘해서 그 어떤 존재자도 결코 이 포위망을 벗어날 수는 없는 노릇이다. 천하를 호령하던 영웅호걸들도, 이름 없이 살던 필부필부도 하나같이 이 그물에 걸려서 생을 접어야만 하지 않았던가.

영원히 죽지 않으려고 발버둥이 쳤던 진의 시황제인들 무슨 용빼는 재주가 있었으랴. 그렇다면, 차례가 되어 어차피 받아야 할 선물이라면 그 날이 언제이든 기쁜 마음으로 받아들이자. 나만 여차 억울해 할 것도, 분히 여길 이유도 없지 않은가.

나이 오십 고개를 넘어서고서, 요사이 들어 주사 바늘처럼 싸늘하게 가슴을 찔러오는 깨달음 하나가 불가의 가르침 제행무상諸行無常이다. 제행무상, 우주공간의 삼라만상 가운데 그 어떠한 것도 영원불변할 수 없다는 절대의 이법理法, 이 가르침은 내 불민하던 삶에 새로운 눈뜸의 시작이 되었다. 너무도 육중하고 견고해서 결코 부서지지 아니할 것 같은 무쇠덩이며 콘크리트 건축물조차도 시절인연이 다하면 결국은 허물어져 가게 마련이거늘, 다른 연약한 존재들이야 더 말해 무엇 하리.

하지만 변하고 달라짐이 있음으로 하여 만유萬有 존재는 또한 제각각 아름답고 귀한 법이 아닌가. 지금 내 발밑에 밟히는 바윗돌이 부스러져서 마침내 모래알이 될지라도, 억겁의 세월 뒤에는 다시 원래의 바윗돌로 환생한다는 윤회의 이법을 믿으며 나는 크나큰 위안을 받는다. 덧없기 때문에 오히려 맺혀 있지 아니하고 자유롭게 풀려 있다. 정지된 듯 쉼 없이 움직이고 있다. 따라서 무상함은 역설적이게도 영원함으로 환치되는 것이다.

꽃이 그토록 아름다울 수 있음은 다음 순간의 사라짐, 그 애석함 때문이리라. 항시 피어 있을 수 있는 꽃인 조화造花는, 그런 까닭으로 해서 이미 꽃이 아니다. 그러기에 거기에다 섣불리 아름다움이니 값짐이니 하는 가치를 부여할 수는 없다.

무상의 이법에 귀를 열어 두지 아니할 때 우리의 삶은 그만큼 더 어지러워질 것 같다. 더 시끄러워지고 각박해질 것 같다. 불나방처럼 맹목적으로 욕망의 늪을 향해 뛰어들지도 모른다. 세상의 모든 불행은 이 부질없는 욕망 의 포자로 해서 생겨나고 커져 간다고 한다면 나만의 억지스런 생각일까. 황금이 소나기처럼 쏟아질지라도 다 채울 수 없다고 한 인간의 끝 간 데 없는 탐욕의 마음, 여기에 집착함은 내일의 덧없음을 헤아리지 못하는 어리석음에서 연유한다.

세월은 무상의 이법을 가르치는 다시없는 스승이다. 세상 천지만물 가운데 세월에 꺾이지 아니하고 완강히 버티고 설 수 있는 존재가 그 무엇이 있으랴. 만상은 이 세월의 수레에 실려 단 한 순간의 멈춤도 없이 영원무궁토록 변하고 바뀜을 계속하지 않으면 아니 되는 것을……

우리는 마음의 눈이 밝지 못해 언제 어디서나 항시 우리 곁에 머물고 있는 이 스승을 놓친 채 살아간다. 그러다 어느 순간 가까운 이의 느닷없는 죽음과 맞닥뜨리면서, 장마철 먹장구름 속에 이따금씩 얼굴 드러내는 파란 하늘을 만나듯 이 무상의 섭리를 언뜻언뜻 만나곤 하는 것이다.

거기서 그새 잊고 있었던 스승을 알아본다는 것만으로도 그는 그나마 눈 밝은 사람이다. 세상에는 스승을 바로 곁에다 두고서도 옷자락 놓친 채 아까운 시간 축내며 살아가는 까막눈의 소유자가 대관절 얼마나 많은가. 사실 우리들 대부분이 그 부류에서 그다지 자유롭지 못할는지도 모를 일이다.

삶의 여정에서 순간순간이나마 제행무상의 이법을 깨닫는 혜안을 지니고 싶다. 허기진 마음 가운데서 욕망의 가마솥이 끓어오르려 할 적마다 이 섭리 앞에 깊이 고개 숙이며, 우리들 욕망의 끝이 얼마나 부질없고 허망한 것인지를 가슴 안의 떨림으로 알아차리고 싶다. 그리하여 칡덩굴처럼 얼기설기한 욕망의 굴레로부터 잠시잠깐씩만이라도 놓여날 수 있었으면 좋겠다.

제행무상, 이 절대의 이법은 내게 생사윤회의 의미를 가르치는 말씀 없는 선지식善知識이다.

가고 오는 존재들

굴다리를 따라 신천新川 둔치로 들어선다. 긴 터널을 빠져나온 듯 훤히 시야가 트인다. 폐부 깊숙이까지 숨을 들이마셨다 후우 내쉬어 본다. 상큼하게 전해져 오는 물 냄새, 바람 냄새……, 답답했던 가슴이 활짝 열리면서 폐활량이 절로 늘어나는 기분이다.

시골 고향을 떠나 이 대구란 도시로 와 타관살이를 한 지도 어언 서른 몇 해가 되어 간다. 그 세월 사이 신천은 몰라보게 달라진 얼굴을 하고서 내 앞에 모습을 드러내었다. 까까머리 고등학생 시절, 등·하굣길에 꼬박 삼 년 동안이나 내처 지나다니며 눈 속에 익혀 왔던 이곳을 여태껏 까맣게 잊고 살았던 것이다.

가지런히 정비가 잘 된 냇둑, 물길 따라 평평하게 닦여진 잔디마당, 군데군데 놓인 간이 운동시설, 드문드문 조는 듯 불을 밝히고 서 있는 가로등……, 모든 것이 새롭고 낯설다.

언제, 누가 이렇게 정성을 들여 꾸며 놓은 것일까. 몇 해 전 서울 나들이 길에 보았던 한강 시민공원 못지않게 산뜻한 모습이다. 절로 '우아!' 하고 감탄사가 튀어나온다. 잠시, 이 근사한 휴식공간을 가꾸느라 정수리에 내리꽂히는 뙤약볕 아래서 비지땀을 흘렸을 인부들의 노고를 떠올리며 이름 모를 분들에게 고마운 마음을 갖는다.

늦여름 밤의 신천 둔치는 막바지 무더위를 식히기 위해 쏟아져 나온 사람들의 열기로 후끈 달아올라 있다. 물길 가장자리로 나 있는 산책길을 부지런히 걷는 사람, 시멘트 포장도로를 따라 신나게 자전거 페달을 밟는 사람, 편을 갈라 공놀이에 열중해 있는 사람, 삼삼오오 모여앉아 정겹게 이야기꽃을 피우는 사람……, 안개에 잠긴 듯 희뿌연 우윳빛 수은등 아래서 저마다 즐거운 한때를 보내는 중이다.

비어 있는 벤치를 찾아 가만히 자리를 잡고 앉았다. 내[川]를 사이하고서, 휘움히 멀어지는 철길처럼 길게 평행선을 그으며 남북으로 이어진 신천대로와 동안도로를 따라 쏜살같이 오가는 자동차의 행렬이 꼬리에 꼬리를 문다. 마치 도깨비불처럼 환하게 전조등을 밝히고서 무서운 속력으로 질주하는 차량들, 모두들 방향은 같아도 제각각 다른 사연들을 싣고 달리는 저 육중한 쇠뭉치들을 바라보며 잠시 생각에 젖는다. 저들은 대체 무슨 일로 저리도 바삐 발걸음을 재촉하는 것일까. 저렇게 달려서 얻는 것은 무엇이며 잃는 것은 또 무엇일까. 부질없는 상념의 조각들이 머릿속을 어지럽힌다.

이윽고 멈춘 듯 찬찬한 물길에 눈길이 가 닿는다. 신천의 물줄기가, 도도하리만치 우람한 덩치를 뽐내는 백화점과 가로를 따라 열 지어 늘어선 상점들과 총총히 들어앉은 고층 아파트에서 뿜어내는 휘황한 불빛을 머금은 채 물고기 비늘처럼 반짝이며 느릿느릿 흘러가고 있다.

흐르는 것은 비단 물뿐이 아니다. 눈에 보이는 것들은 죄 나름의 걸음으로 한 순간도 쉬지 않고 줄기차게 움직인다. 하늘 아래, 땅 위의 형상 가진 존재들 가운데 지금 흐르지 않는 것은 아무것도 없다. 구름이 흐르고, 바람이 흐르고, 자동차가 흐르고, 사람들이 또 흐른다. 그리고 이 순간, 무형한 존재인 시간마저도 그냥 한 자리에 멈춰 서 있지는 아니할 것이다. 제각기 하나씩의 사연들을 안은 채 부지런히 제 갈 길로 내닫지만, 궁극엔 절대자가 마련해 놓은, 그 어딘지를 알 수 없는 깊고 아득한 어둠의 세계로 귀착하고 마는 것은 아닐는지…….

이 모든 현상의 주재자는 결국 '세월'이리라. 경기장의 관중이 찼다가 비워지듯, 극장 안의 관객들이 자리를 갈마들 듯 세월의 수레에 실려 오늘의 존재자들은 원래의 본향으로 떠나가고, 내일이면 새로운 주인공들이 다시 그 자리를 차지하게 될 것이다. 어느 누구도 거역할 수 없는 대우주의 이 엄숙한 질서가 가슴에 싸한 바람을 일으킨다.

벤치의 등받이에 몸을 맡기고서 고개를 젖힌다. 목화솜 같은 뭉게구름 떼가 밤하늘을 수놓으며 둥실둥실 떠 흐른다. 그 광경에 눈길을 주고 있노라니, 문득 불가佛家의 가르침대로 우리들 인생도 허공중에 잠시 나타났다가 이내 사라지고 마는 한 조각의 구름 같은 존재임을 다시금 깨닫는다.

올려다본 하늘 저편에 정체불명의 비행물체 하나가 반디처럼 꽁무니에 불빛 한 점을 깜빡이면서 아득히 멀어져 간다. 아마도 캄캄한 어둠 속을 헤치며 어디에론가로 향하고 있는 여객기인가 보다.

어느 미지의 지점으로 방향을 잡고서 떠나는 것일까. 저 비행물체도 얼마간 저렇게 허공을 유영하다 결국엔 안착해야만 하는 시간이 도래할 테지. 온 곳이 있으면 필연 가는 곳도 있는 법, 세상 그 어떤 존재도 마냥 한 자리에 그대로 머물러 있을 수는 없으리라. 다만 영원불변하는 것이 있다면, 그것은 저 가없이 광막한 하늘과 우리가 딛고 선 이 육중한 땅덩어리 정도가 아닐까. 아니, 이것들마저도 억겁의 세월 뒤에는 또 어떻게 바뀌어 있을지 누가 아는가. 까닭에 영원이라는 이름을 붙이기엔 어쩐지 망설여진다.

초가을 기운을 머금은 선들바람 한 줄기가 휘익 머리 위를 스치고 지나간다. 살갗을 간질이는 무형한 존재인 바람의 쓰적거림, 머지않아 스러지고 말 가을이 성큼성큼 걸어오는 중임을 그새 달라진 바람살로 감지한다. 정녕 계절은 바뀌어 들고 있는 것이다.

적선

　가까이 다가가자 비로소 또렷하게 실루엣의 정체가 드러났다. 노점을 벌여 놓고서 손님을 기다리고 있는 낯선 할머니였다. 하고많은 큰길 다 놔두고 왜 하필이면 사람들의 내왕이 뜸한 이런 호젓한 산책로에다 자리를 잡았을까. 아무리 뜯어보아도 도무지 장사가 될성부르지가 않다.

　할머니는 누르무레하게 빛이 바랜 나일론 보자기를 풀어헤친 채 풀썩 흙바닥에 퍼더버리고 앉아 세월을 죽이고 있다. 그런 할머니의 모습이 마치 한 폭의 오래된 정물 같다. 그 앞에 모닥모닥 벌여져 있는 몇 가지의 소채가 어린아이들 소꿉놀이 장면을 떠올리게 한다. 억센 호박잎 두어 줌에다 꼬질꼬질 외

틀어진 가지 네댓 개 그리고 껍질이 툭툭 갈라터진 방울토마
토 한 소쿠리, 초라하기가 이를 데 없어 보이는 그 물건들이
한가롭게 임자를 기다리는 중이다. 죄다 팔아 봐야 겨우 품값
이나 나올까 싶어 공연히 걱정스런 마음이 된다.

할머니는, 외면하고 지나치려는 나를 뒤통수에다 대고 불러
세운다.

"젊은 양반, 적선 좀 하고 가소."

돈보다도 정이 고팠던 것일까. 팔아 달라는 말 대신 '적선'
을 들먹이며 합죽한 입으로 호물호물 웃는 할머니, 드문드문
빠져 들쭉날쭉 요철을 이룬 치아가 거친 세월의 물살에 부대
끼며 헤쳐 왔을 신산스런 생애를 증언해 주고 있다.

적선, 생뚱맞은 그 한마디에 나는 그만 허물어지고 말았다.
이처럼 일대 일로 마주한 상황에서 매정하게 뿌리치고 돌아설
만큼 사람이 맵짜지가 못해서인가 보다. 이곳저곳 주머니를
뒤지는 손길이 배속倍速으로 설정된 필름 돌아가듯 움직였다.
낭패감에 마음이 조급해질 즈음, 언제 넣어 두었던가, 다행이
도 꼬깃꼬깃 접힌 지폐의 감촉이 전해져 온다.

천 원짜리 두 장을 할머니 손에다 건네고 방울토마토 한 봉
지를 챙겨 들었다. "고맙소, 고맙소, 고맙소……" 염불을 외듯

거듭되는 할머니의 인사말이, 멀어지는 발자국을 그림자처럼 따라온다. 그 순간 술에라도 취한 듯 흥그러운 기분이 된다. 대단찮은 호의로 이렇게까지 융숭한 반대급부가 돌아오는 일이 세상에 어디 그리 흔한 경우이던가.

하지만 그것도 잠시뿐, 나는 다시 또 뒤탈을 걱정하지 않으면 안 된다. 이런 일로 아내한테서 핀잔을 들은 적이 한두 번이 아니었기 때문이다. 동정심에 호소하는 얄팍한 상술에 속아 허드레 물건 제발 좀 사 오지 말라고 아내는 누차 신신당부를 했었다. 나는 여태껏 그 당부의 말을 새겨듣지 못했다. 마치 까마귀 고기라도 먹은 사람처럼 언제나 마이동풍이었다.

아니나 다를까, 아내가 봉지에 든 내용물을 확인하더니 예의 그 잔소리를 늘어놓으려고 또 시동을 건다. 질책의 소나기는 우선 피하고 보는 것이 상책임을 거듭된 학습효과로 알아차린다. 하얀 거짓말이란 게 이럴 때를 대비해서 소용이 닿는 것이리라.

"산책길 초입의 주말농장을 지나오다 거저 얻었는걸." 하며 천연덕스럽게 둘러대었다. 어디서 그런 신통한 소견이 솟아났는지, 스스로 생각해도 썩 그럴듯해 보인다. 그러면서 한편으론 마음에 없는 말로 너스레를 떨자니 어쩐지 뒷맛이 씁쓰레

하다.

아내는 미심쩍은 듯 몇 차례 고개를 갸웃갸웃 하더니 이내 수그러든다. 말은 안 해도 애초 그럴 만한 위인이 못 됨을 속짐작으로 훤히 꿰뚫고 있으리라. 나나 아내나 두 십 년을 한집에서 미운 정 고운 정 쌓으며 살아오다 보니, 서로가 그만한 눈치는 넉넉히 알아차리는 사이가 되었으니까.

잠시 침묵이 흐르고 이제 그 정도로 끝이 났나 싶어 안도의 한숨을 돌리려는 찰나, 아내는 불침을 놓듯 한마디 훈계를 잊지 않았다. 일순 느슨해졌던 마음은 다시 차려 자세가 된다.

"당신이 둘러댄다고 내가 모를 줄 알아요. 그런 사람은 도와주면 버릇이 되어 자립심이 생기지 않아요. 그러니 도와주는 게 오히려 죄악인 줄 알기나 하세요."

아내의 차돌 같은 논리에 나는 맞받을 변설을 찾지 못한다. 그 말은 어찌 보면 너무도 지당해서 어설픈 공박이 아예 통하지 않을 터이기 때문이다.

사실 나는, 물건을 살 때 되도록이면 번듯하게 꾸며 놓은 가게보다는 허름한 난전을 즐겨 찾는 별스런 습벽을 지니고 있다. 품질에 비해 값이 더 눅다거나 손님을 맞는 품새가 더 살갑다거나 해서가 아니다. 고작 몇 푼 안 되는 액수나마 그런 가게에 도움이 되어주고픈 알량한 적선, 또 그런 사람들과의 무언가 모를 동류의식 같은 것을 생각하기 때문이다.

아내는 이러한 나의 행동을 늘 못마땅해 한다. 지금이 어느 시댄데 그런 고리타분한 의식을 갖고 세상을 살아가려 하느냐는 둥, 그 사람들이 대체 우리하고 무슨 상관이 있느냐는 둥 볼멘소리로 투덜거려 심사를 산란하게 만든다. 한편 내 쪽에 서는, 그런 말을 주워섬기는 아내가 오히려 야속한 사람이란 생각이 드니 참으로 답답할 노릇이다.

큰돈을 아낌없이 주면서도 때로는 당장의 환심조차 얻지 못하는 수가 있는가 하면, 대단찮은 은혜를 베풀고도 상대방이 평생토록 잊지 못하고 고맙게 여기는 수도 있다. 그러기에 남에게 은혜를 베풀 경우에는 때와 처지를 잘 헤아려서 베풀어야 하는 것이다.

이렇게 가르친 채근담의 말씀에 새삼 고개가 끄덕여진다.

정말 그런 것 같다. 적선도 다 때가 있고 처지가 있는 법이다. 나보다 형편이 나은 사람, 나보다 지체가 높은 이를 향한 베풂은 엄밀히 따지면 적선이 아니다. 그것은 무언가 되돌려질 더 큰 이득을 노리고서 접근하는 아첨이나 진배없다. 아내

에게 이 말을 해 주고 싶다가도, 어쩐지 귀신 씻나락 까먹는
소리 하고 있다며 반발심만 키워 놓을 것 같이 여겨져 그만두
자고 마음을 고쳐먹는다.

어느 지인의 이야기에 생각이 미친다. 그는 기차역 대합실
이나 지하도 같은 데서 노숙자를 만났을 때 절대 땡전 한 푼의
도움도 주지 않는다는 것을 생활의 철칙으로 삼고 있다고 했
다. 사지가 멀쩡한 육신을 하고서 뭣 때문에 남한테 손을 벌려
야 하느냐는 것이, 그가 서릿발같이 내세우는 자선 불가不可의
이유이다. 어찌 보면 참 일리가 있는 말 같기도 하고 어찌 보
면 한갓 자기변명과도 같이 들리는 그의 논리에, 나름의 반박
논리를 나는 갖고 있지 못하다. 그래서 입맛만 쩍쩍 다시며 꿀
먹은 벙어리가 되고 만다.

　　　積善之家　必有餘慶
　　　積不善之家　必有餘殃
　　　선을 쌓은 집에는 반드시 경사가 있고
　　　불선을 쌓은 집에는 반드시 재앙이 있다.

열두어 살이나 되었을라나. 어떤 경위로 알게 되었던지, 그
때 나는 주역의 곤괘坤卦 문언전文言傳에 나오는 이 구절을, 서

툰 붓글씨로 써서 아버지가 거처하시던 상방에다 걸어 드렸었다. 아버지는 어린 아들의 그런 행동이 퍽 대견스러우셨던 모양이다. 이따금 집에 손님이라도 찾아오면, 아들아이의 솜씨라며 자랑 삼아 말씀하곤 하셨던 기억이 난다.

돌아오는 길에 느닷없이 꽃뱀 한 마리와 맞닥뜨렸다. 풀숲에 숨어 나를 노려보고 있었던 것일까. 머리카락이 쭈뼛 곤두서면서 반사적으로 독기가 솟는다. '요놈의 뱀, 죄 없는 사람 가슴을 철렁 내려앉게 만들었으니 그래 네놈이 온전하길 바랄쏘냐.' 돌덩이를 집어 들고 겨누려 하다가 도로 내려놓고 말았다. 그 순간, 할아비의 선업은 손자 삶의 거름이라며 노래 삼아 적선을 말씀하셨던 할머니의 생전의 음성이 떠올랐기 때문이다.

뱀에게 가하려던 돌팔매를 거두어들이는 것, 이것도 어쩌면 강자가 약자에게 베풀 수 있는 하나의 적선인가. 이런 생각을 하며, 백기를 들고서 풀숲으로 사라져 가는 뱀의 뒷모습을 가만히 지켜보고 서 있었다.

나이 들어가면서 일어나는 변화들

대덕산 자락 후미진 고샅길을 따라 천천히 발걸음을 옮겨놓고 있다. 불과 며칠 전까지만 해도 흐드러지게 피어 눈부신 자태를 뽐내던 아카시아 꽃 이파리들이 그새 반 남아 이울어 패잔병처럼 널브러져 뒹군다. 이승에 목숨 부여받았다 필연적으로 떠나야 하는 이 숱한 존재했음의 흔적들……, 세상만사 가운데 변하지 아니하는 것이 어디 하나라도 있을까. 만약 있다고 한다면 형상 가진 존재는 그 무엇이든 어느 한 순간도 멈춤이 없이 변화를 계속한다는 것, 단지 이것뿐이리라.

변화하지 않은 채 항시 그대로라면 얼마나 추하고 또 무서울 일인가. 조선시대 사람들이 오늘 이 때까지 죽지 않고 살아

남아 거리를 활보한다고 한번 상상해 보라. 생각만 해도 오싹 소름이 돋을 것만 같다. 사라짐이 있고서야 보다 싱그러운 다시 생겨남을 기약할 수 있는 법이다. 피어 있는 꽃이 그리 아름답게 여겨질 수 있음은 어쩌면 이내 이울고 마는 아쉬움, 그 의미 때문이 아닐까.

사람 사이의 만남과 헤어짐도 매한가지인가 한다. 늘상 만나만 있다면 이는 유폐된 공간처럼 숨이 콱 막힐 일이다. 헤어짐이 있기에 우리는 만남을 아낀다. 이렇게 간단없이 달라지고 옮아가는 변전무상이야말로 절대자의 섭리이며 대우주의 이법理法인 것을……

나는 이 거스를 수 없는 변화에 불가항력적으로 동참하고 있는 또 하나의 나를 문득문득 발견하곤 한다. 그리고는 흠칫흠칫 놀란다.

무엇보다 두드러진 변화는 육체적인 겉모습의 바뀜이다. 눈언저리며 이마의 주름살이 깊어지고, 흰머리가 눈에 띄게 늘어나는가 하면, 팔다리의 근력이 몰라보게 떨어지고 있다. 게다가 한 해가 다르게 기억력이 감퇴되어 간다. 무얼 찾고 싶어 장롱 문을 열었는지, 어디로 가려고 길을 나섰는지 이런 일들에 깜빡깜빡하는 자신의 행동에 어이없어 하며 실없는 웃음을 허허거리는 일이 요사이 들어 부쩍 늘어났다.

감성도 세월 따라 몰라보게 바뀌었다. 아니, 무뎌져 버렸다고 하는 표현이 오히려 옳겠다. 눈물샘이 유달리 발달해 있었던 탓일까, 나는 어릴 적부터 걸핏하면 울기를 잘했었다. 귀찮게 졸졸 따라다니면서 별명을 불러대는 또래들의 장난질이거나 혹은 엄마가 다리 밑에서 나를 주워 왔다는 어른들의 짓궂은 놀림을 받을 때면 비쭉비쭉 하다가 그만 울음보를 터뜨리기가 일쑤였다.

소슬바람에 하르르 지는 나뭇잎만 보아도 금세 기분이 울적해지고, 찻길에 패대기쳐져 있는 짐승의 주검 앞에서도 마음 한구석이 아리어 오곤 했었다. 타관살이 시절 고향의 부모님이 못 견디게 그리워 속울음을 삼킨 나날들은 또 얼마였던가. 그만큼 심성이 여렸던 것 같다.

그러던 것이 한 해 두 해 세월이 흐르면서 나는 이 울음이란 걸 그만 도둑맞고 말았다. 노인의 여러 행동특성 가운데, 웃으면 실없이 눈물이 흐르지만 문상問喪 같은 일로 정작 눈물을 흘려야 할 경우에는 도리어 눈물이 나오지 않아 헛울음으로 시늉만 해야 하는 아픔이 있다고 한 이익李瀷 선생의 『성호사설』 한 구절은 많은 것을 생각게 한다. 내 비록 지금 노년의 나이에는 아직 그 언저리에도 닿지 않았지만, 그와 비슷한 곤욕을 치를 때가 적지 않다. 지난 세월 동안 그만큼 마음이 빈곤해져서 그리 된 때문은 아닌지 모르겠다.

하지만 이러한 문제들보다는 오히려 정신적인 면에서의 변화가 나를 더욱 아뜩하게 만든다. 한창 혈기 왕성하던 시절엔 정의며 양심이며 순수, 이런 것들보다 소중한 가치는 다시없다고 생각했었다. 그것들을 위해선 목숨까지 걸어도 아깝지 않다고 여겼다.

이제 그 같은 기백은 더 이상 내 곁에 머물러 있지 않다. 한두 살씩 나이가 들어가면서 혼탁한 세태에 차츰 무기력하게 길들여져 가고 있는 나를 만나곤 한다. 한편으로는 어떠한 비웃음이나 질시 앞에서도 서리같이 당당한 삶이어야 한다고 내내 고집하면서도, 다른 한편으로는 느슨한 쪽으로 눈감아 주고 싶은 심리가 내 안에 은근히 싹을 내밀고 있다.

이러한 삶의 가치에의 태도 변화가 정녕 옳은지 그른지 나는 도무지 판가름이 서지 않는다. 그저 좋은 게 좋다는 식으로 불의不義를 보고도 모른 척 적당히 넘어가야 할지, 설사 부러지는 질지언정 굽히지는 말아야 할지 언제나 망설여진다. 물이 너무 맑으면 고기가 모이지 않고 사람이 지극히 살피면 따르는 무리가 없다고 한 성현의 가르침이 이럴 땐 끊임없이 나를 괴롭힌다. 타인의 대수롭잖은 말 한마디에 일쑤 촉각을 곤두세우고 옆 사람의 가벼운 눈짓 한 번에도 잠 못 이루며 심하게 가슴앓이를 하는 나약하기만 한 심성, 이 때문에 담벼락에다 대고 머리라도 짓찧고 싶도록 자신이 미워질 때가 한두 번이 아니다.

어떻게 살 일인가. 이 영원히 풀릴 것 같지 않은 화두話頭를 놓고 고뇌하는 내게 어느 수필가의 글 한 구절이 적지 않은 울림으로 다가온다, 깜깜한 동굴 속으로 비쳐드는 한 줄기 구원의 불빛처럼. 알량한 자존심이며 명예 따위를 지키려고 노모와 함께 깊은 산속에서 끝내 불에 타 죽은 개자추의 삶보다는, 비굴하다면 비굴하달 수 있을 것 같으면서도 노모를 생각하며 죽지 않고 살아서 돌아온 관중의 선택이 보다 인간적이지 않느냐고……

지나친 공손恭遜은 예가 아니라고 했다지. 그렇다면 어디까지가 공손함이며 어디서부터가 비굴함인가. 어디까지가 강직함이며 어디서부터가 외고집인가. 말로야 손바닥 뒤집듯 간단할 수 있겠지만, 내 무딘 현실 감각으로는 도무지 그 경계를 종잡을 수가 없다.

이래저래 사람살이란 것이 그리 호락호락한 주제는 아닌가
보다.

고지를 점령하는 법

'윙윙윙윙' 예초기 돌아가는 소리가 산천을 흔든다. 날카로운 칼날이 스쳐 지나갈 때마다 꼿꼿이 서 있던 잡풀들이 저항을 멈추고 맥없이 쓰러진다. 이따금 돌부리에 부딪히는 차가운 금속성의 파열음이 귀를 찢는다.

추석을 앞두고 조상님들 산소에 벌초를 하고 있다. 예초기가 작업에 열중인 동안, 다른 종원宗員들은 감독관처럼 멀찍이 떨어져 서서 지켜본다. 만에 하나 일어날지도 모를 불의의 사고를 미연에 방지하기 위함이다.

한참이 지나고 예초기 소리가 멎는다. 이제 애벌 작업은 거지반 끝이 났는가 싶다. 그때부터, 무연히 기다리고 있던 남은 종원들이 일제히 달려들어 낫질을 시작한다. 마치 이삭줍기를 하듯 둘레돌 틈새며 축대 언저리, 상석 주위 등 칼날이 지나가지 못한 곳을 세세하게 다듬는다. 낫질에 땀을 뻘뻘 흘리는 종원들의 뒷모습을 바라다보고 있자니, 불현듯 싸움터에서 전쟁을 치르는 병사들의 얼굴이 그려진다.

전쟁이 개시되면 가장 먼저 위력을 발휘하는 부대가 공군이다. 전투기들이 공중에서 한참 동안 집중 포화를 퍼부어 기선을 제압한다. 어지간히 작전이 마무리 되었다 싶으면 그때서야 비로소 육군이 나선다. 드문드문 숨어 있는 잔당들을 샅샅이 뒤져서 섬멸한 뒤 마침내 고지에 승리의 깃발을 꽂는 것은 육군의 몫이다.

상념의 꼬리를 따라가다 보니 사람과 기계 사이의 관계에 생각이 미친다. 과학의 무한 발전이 이제 인간의 성城을 위협하기까지에 이르렀다. 그러나 과학 기술이 아무리 발전하고 기계의 성능이 아무리 향상되어도 인간의 능력을 뛰어넘지는 못할 것 같다. 기계가 사람의 일을 대신한다고 해도 마지막엔 사람 손이 가야 끝이 나게 되어 있다.

만능기계라고 불리는 로봇이 발달하면서 사람의 설자리를 빼앗는다고 걱정들이 많다. 하지만 그것도 한계가 있을 것이고 보면 그리 지나치게 염려할 일은 아닐 성싶다. 로봇은 사람을 따라 할 수는 있어도 결코 사람을 앞설 수는 없다. 로봇을 만든 존재는 어디까지나 사람이기 때문이다. 이것이 기계보다 사람이 윗길인 이유가 아닐까. 공군의 중요성이 아무리 강조된다 해도 군대의 중심은 결국 육군인 것과 마찬가지 이치이리라.

무릇 세상 모든 일에는 선후며 절차가 있는 법, 먼저 해야 할 것을 나중에 하거나 혹은 나중에 해야 할 것을 먼저 하면 능률도 오르지 않을 뿐더러 전혀 예상치 못한 상황이 초래되고 만다. 고지를 점령하겠다며 성급하게 육군이 앞장서서 덤벼드는 만용을 부려서야 될 일인가. 벌초를 하다 새삼 사람살이의 이치 하나를 붙든다.

땀 흘린 보람으로 묘소가 깔끔하게 단장되고 거기다 가외의 소득까지 얻고 보니 기분이 흔흔해 온다.

낮과 밤

은행나무 샛노란 단풍이 지난밤 가을비에 우수수 떨어져 내렸다. 여름내 무성한 잎을 달고서 싱싱한 젊음을 자랑하더니 어느새 갈 길을 서두른다. 가로등에 불이 들어온 듯 거리가 한결 환하다.

평소 어쩐지 세상이 예전에 비해 많이 어두컴컴해진 것 같다 싶었다. 아니나 다를까, 어느 연구기관에서 낮의 밝기가 요 몇 십 년 사이에 십 분지 일가량 줄어들었다는 조사 결과를 내놓고 있다. 측정한 자료가 그렇지 체감하는 지수는 이보다 훨씬 더한 느낌으로 다가온다. 웬만큼 맑은 날이라도 실내등을 켜지 않으면 아니 되는 형편이니 충분히 고개가 끄덕여진다.

밤이 낮의 밝기를 잠식해 버린 탓인가, 낮이 이렇게 어두워진 반면 밤은 예전에 비할 바 없이 밝아졌다. 흔히 하는 말로 대낮같다는 표현이 무색할 정도이다.

휘황찬란한 밤풍경은 깜깜해서 오히려 빛났던 소중한 것들을 삼켜 버렸다. 푸르른 하늘의 선명한 구름떼며 아기 눈망울처럼 초롱초롱한 별빛이며 구슬을 흩뿌려 놓은 듯 반짝이는 은하수를 잃어버렸다. 뱃길을 인도해 주는 등댓불, 골목길에 내걸린 청사초롱, 외딴집의 따스한 불빛, 이러한 것들이 더 이상 눈에 들어오질 않는다.

지난날엔 생활이 낮 중심으로 영위되었었다. '일출이작 일입이식日出而作 日入而息.'이라고 읊은 옛 시가가 그때는 낮 중심의 세상이었음을 증언해 준다. 해 뜨면 밖에 나가 일하고 해지면 집에 들어와 쉰다. 이것이 지극히 자연스런 생활 방식이었다.

세상이 점점 낮 중심의 삶에서 밤 중심의 삶으로 옮아가고 있다. 새벽까지 불을 밝히고 손님을 맞는 장삿집들이 하루가 다르게 늘어난다. 이처럼 예전엔 낮에 이루어지던 활동들이 지금은 주로 밤에 이루어진다.

낮이 이성의 작용이 승한 시간이라면 밤은 감성의 작용이

승한 시간이다. 그래서 밤은 역시 감성의 지배를 받는 술과 노래와 춤, 이런 것들과 궁합이 잘 맞는다. 술 마시고 노래하고 그리고 춤을 추다 보니 그에 따라 이성을 잃은 추태들이 지난날에 비해 훨씬 많아졌다. 그 덕에 파출소는 온갖 크고 작은 일탈 행위의 부산물로 밤마다 홍역을 치른다.

생체리듬도 후천적으로 조절되는 것인가, 올빼미형 인간들이 날로 늘어나고 있다. 수요가 있으면 자연 공급이 따르는 법, 그러다 보니 그들을 위한 놀이시설들이 넘쳐나면서 나날이 밤풍경이 바뀌어 간다.

『아침형 인간』이라는 책이 인기를 끌자 너도나도 아침형 인간이 되려고 그 대열에 동참하는 인구가 한동안 크게 불어났던 적이 있다. 시간이 흐르면서 그것도 한때의 유행인 양 시들해지고 말았다.

이러다가 장차 낮이 영영 없어지고 밤만 남는 것은 아닌지……. 설마 기우이겠지만, 그래도 일말의 불안감은 떨쳐버릴 수가 없다.

노업路業

야단났네, 이 일을 어쩐다지.

자동차가 신호등 앞에서 몇 번 크렁크렁 앓는 소리를 내더니 급기야 멈춰서 버렸다. 여름철로 접어들면서 수은주가 치솟자 말 못하는 기계도 열을 받았는지 더 이상 못 가겠다고 버티기를 하는가 보다.

파란불로 바뀌었는데 왜 출발을 하지 않느냐며 뒤에서 연신 경적을 울려댄다. 다시 시동을 걸려고 아무리 애를 써도 차는 오불관언, 도무지 요지부동이다. 심장은 계속 두방망이질을 하고 식은땀이 등허리를 타고 줄줄 흘러내린다.

꼬리를 물며 밀려드는 차들로 도로가 금세 주차장이 되어 버렸다. 보험회사에 비상연락을 취해 두고 견인차가 도착할 때까지 무작정 기다린다. 그 수밖에는 뾰족한 도리가 없다. 안절부절못한다는 말이 정녕 이럴 때 적절한 표현이리라. 십 분 남짓의 시간이 마치 몇 시간이나 되는 듯 초조하기가 이를 데 없다.

십 년 넘게 하루같이 동고동락을 해 왔으니 탈이 날 때도 되었다. 여태껏 편리를 앞세워 그저 부릴 줄만 알았지 제대로 돌볼 생각은 않았다. 그러니 한 번쯤은 심술을 부리며 어기대는 것이 어쩌면 당연한 시위인지도 모르겠다.

뒤따르는 차들에게 결국 본의 아니게 결례를 하고 말았다. 목적 없는 발걸음이 누가 있으랴. 다들 나름대로 긴한 볼일을 위해 나선 길일 게다. 그 가운데는 시간을 다투어 움직이는 경우도 적지 않으리라. 그들의 바쁜 일정이 내 자동차의 예기치 못한 고장으로 그만 발목을 잡혀 버린 것이다. 아니, 점검을 제때 하지 않았으니 이는 이미 예고된 상황이나 마찬가지 아닌가. 길 위에서 짓는 업을 '노업'이라 이름 한다면 나는 오늘 단단히 노업을 짓고 만 셈이다.

불가佛家에서는 사람의 행위들 가운데 업 아닌 것이 없다고 했다. 심지어 비둘기에게 모이를 던져주어 서로 다투게 한 것도 하나의 업을 만드는 행위라고까지 한다. 이처럼 좋은 뜻으로 행한 일도 결과적으로 업이 될 수 있거늘, 하물며 자동차 점검을 제대로 하지 않아 수많은 사람의 귀한 시간을 빼앗고 그들에게 불편을 끼친 일이야 마땅히 작지 않은 업이 됨은 말할 나위가 있을 것인가. 선업을 짓는 것도 물론 중요하지만 악업을 짓지 않는 것도 그에 못잖게 중요하리라.

평소 자동차를 손보는 일이 꼭 나 자신의 편리만을 위한 것이 아님을 뒤늦게야 깨우친다. 이제부터는 노업을 짓지 않기 위해서라도 비록 낡아서 볼품없는 차이지만 애정을 쏟아 돌봐야겠다는 마음을 다진다.

한참 후, 견인차가 도착하고 내 차가 갓길로 치워지자 막혔던 길이 서서히 뚫리기 시작했다. 종기가 낫는 듯 뒤통수가 근질거려 왔다.

오늘

이따금 까닭 없이 몸과 마음이 쇳덩이같이 무지근해지는 날이 있다. 세상만사가 다 시틋해지고, 사람살이에 대한 회의懷疑가 그림자처럼 찾아들 때가 있다.

이런 날이면 나는, 그 어디인가에 있을 이승에서의 생의 종착역을 생각해 보곤 한다. 그 생각은 언제나 나를 인간 존재의 본원적인 가치문제, 이를테면 삶과 죽음이며 찰나와 영원이며 보다 값진 사람살이의 자세 같은 것들에 대한 상념으로 이끌어, 이런저런 다짐들을 되뇌게 만든다. 그 다짐들이 종내 덜렁 덜렁 빈 두레박이 되어 버리고 말지라도, 어쨌든 그러한 생각의 오솔길을 거닐고 있는 순간만은 마음이 푼푼해 온다.

심사가 흐트러질 때는 이승에 잠시 머물다 떠난 사람을 생각하기로 하자. 덧없이 스러져 간 유명 무명의 안타까운 이름들, 내 오늘 이 순간을 살아 어쭙잖은 글 몇 줄이나마 세상에 남겨 놓을 수 있음이 얼마나 감사해야 할 일인가. 꽃 피는 봄, 녹음 짙은 여름, 단풍 고운 가을, 눈 내리는 겨울의 정취를 아직도 보고 듣고 느끼며 노래 부를 수 있음은 내가 살아 있음으로 해서 덤으로 누리게 되는 축복이 아니냐.

더 높이, 더 크게, 더 많이 차지하려는 집착으로 가득한 삶일수록 언제나 목마름도 그만큼 깊어지는 법, 눈높이를 한 뼘만큼만 낮추고 살아가야겠다.

'높은 자리에 있을 때는 그것이 얼마나 위험한 것인지 잘 모른다. 그 자리에서 물러나 낮은 곳에 서 봐야 비로소 그 위험성을 깨닫게 된다.'

채근담은 이렇게 가르치고 있지 않은가.

삶에의 욕망이 분에 넘치면 죽음의 허망함을 쉽사리 알아차리지 못한다. 우리는 늘 일상의 틀에 갇혀 아웅다웅하면서 죽음을 저쪽 외진 구석에다 세워둔 채 살아간다, 마치 영원한 타인이기라도 한 것처럼.

그러다 어느 날 피를 나눈 부모형제며 사랑하는 처자며 아끼는 벗 그리고 신실한 동료……, 주위에 있는 가까운 이들의 느닷없는 죽음 앞에서, 내게는 결코 다가오지 아니할 것 같았던 사신死神의 그림자와 마주하곤 그때서야 허둥거리게 되는 것이 아닐까.

죽음은 삶의 연장선상에 엄숙히 자리하고 있는 무형의 실체, 살아간다는 것은 역설적으로 죽어간다는 것의 또 다른 표현일 따름이다. 우리가 죽음 앞에서 두려워 떨지 않고 당당하려면 미리부터 항시 죽음 쪽으로 마음의 귀를 열어 두어야 하리라.

"우리가 철학한다는 것은, 생의 종착점에 이를 때까지 한 순간도 쉬지 않고 죽음에 대비하는 과정이다."

이렇게 설파한 철학자 키케로의 말이 뜨겁게 가슴에 와 닿는다.

욕심 같아서는 삼천갑자 동방삭처럼 천년만년을 살고 싶다. 아니, 영원히 죽지 않을 비법이 있다면 그 길에 매달려 보고도 싶다. 하지만 죽음은 어느 순간 빚쟁이처럼 예고 없이 우리 앞에 찾아온다. 어느 작가는 죽음을 일러, 절대자로부터 목숨 얻어 생겨난 존재이면 그 누구든 필시 한 번은 받아야 할 인생의 졸업장이라고 했다. 그러기에 아무도 이 죽음의 손아귀로부터 자유로울 수는 없는 일이다.

삶은 이쪽 가까이에 있고 죽음은 저쪽 멀리에 있는 것이 아니다. 삶의 도처에 죽음의 그물은 공기처럼 널려 있다. 내 오늘 이 순간까지 그 그물에 걸려들지 아니하고 용케도 살아남은 것이 얼마나 큰 행운이며 축복인가. 이것 하나만으로도 충분히 고마워하자.

죽음에 대한 두려움은 인간 존재가 가진 본원적 정서이다. 그 두려움을 우리 손으로 어찌할 수 없다면 내 차라리 벗을 삼으리라. 그러기 위해 삶에 대한 지나친 집착부터 버려야겠다. 그래야 내일 한 잎의 낙엽처럼 훌훌 떠나게 되더라도 그리 애석하지 않을 것 아닌가. 삶은 그 길이와 양이 문제가 아니라 과정이며 질이 중요한 법, 얼마나 오래 살아남느냐 하는 것보다는 어떻게 살아가느냐가 요체인 것을…….

설사 내세를 믿지 않는다 할지라도, 누구든 죽음이라는 이 절대의 공포로부터 조금이나마 놓여나려면 오늘 하루를 착하고 정직하게 그리고 추한 얼룩 남지 아니하도록 기도하는 마음으로 살아갈 필요가 있겠다. 내 내세를 필연이라고 믿기에 여기서 더 말해 무엇 할 것인가.

풀꽃같이 여린 생명일지라도 소중히 여기고 지켜 주어야 하리라. 그들도 다 절대자의 섭리 따라 세상 무엇과도 바꿀 수 없는 귀한 목숨 부여받고 이승에 생겨난 존재가 아니냐.

그리고 또 이렇게 다짐을 놓는다. 강자 앞에서 굽실거리지 말고 약자 앞에서 우쭐대지 말자. 비굴함은 강자로 하여금 세상을 어지럽게 만들고, 교만은 약자의 가슴에 치유가 불가능한 상처 자국으로 남을 대못을 박는다. 그러기에 우리 삶 가운데 이 비굴함과 교만보다 고질적인 병은 없으리라.

어느 순간 예고 없이 찾아올 죽음의 그림자 앞에서 두려워 떨지 않고 담담히 떠나갈 수 있을 그런 종말을, 항시 화두話頭처럼 가슴에 안고 하루하루를 살아가자. 이것이 그 언제인가는 모르겠지만 내가 생을 마감해야 할 시점이 찾아왔을 때 조용히 미소 지으며 맞이할 수 있는 길이리라.

이런저런 부질없는 상념의 연못에서 한참을 그렇게 유영遊泳하다 보면, 잠시 울적하던 마음은 밤물결처럼 가라앉고, 이내 마음의 안온함을 얻게 되곤 한다.

새벽의 묵상

일찍감치 눈이 떠졌다. 머리를 어지럽히던 지난밤의 상념들이 끈질기게 달라붙어 잠자리까지 따라온 탓일 게다.

사위四圍는 깊은 바다 속 같은 어둠에 싸여 있다. 멀리 앞산에서 간간이 부엉새 울음소리만이 정적을 깨며 지나간다. 먼동이 트려면 아직도 한잠을 더 청해야 할 시간이다.

찬물로 훌훌 세수를 하고서 책상 앞에 앉는다. 금세 잠은 달아나고, 정신이 안개 걷히듯 맑아 온다. 침묵에 잠겨 있는 세상을 그윽한 눈길로 응시하면서 하루치 삶의 설계도를 그려 본다.

'네가 헛되이 보낸 오늘은 어제 죽은 이들이 그토록 가지고

싶어 하던 내일이었다.'

고대 그리스의 극작가였던 소포클레스는 '오늘'에다 이렇게 의미를 부여했다. 그의 불후의 명언이 전류처럼 지르르 가슴을 훑고 지나간다. 아무 대가 없이 공으로 주어진 이 하루를, 살아 있음으로 해서 또 이처럼 맞이할 수 있음이 얼마나 감사한 일인지 모르겠다.

그저께는 지역의 원로 수필가 한 분이 영원히 돌아오지 못할 먼 길을 떠났다. 벌써 삼십 년 전부터 삶과 죽음의 문제에 대하여 늘 선사처럼 초연해 사셨던 분이다. '장례 절차를 절대 화려하고 번다하게 하지 말거라. 주위에 요란스레 떠벌이지 말거라. 너무 애통하게 곡을 하지 말거라.' 문상 자리에서 유족들이 전해준 그분의 마지막 당부가 자꾸만 뇌리를 맴돈다.

생을 끝맺음 하는 순간까지, 남아 있는 이들에게 수고로움을 끼치지 않고 떠나려 했던 고매한 인품이 고스란히 전해져온다. 존경의 염에 절로 고개가 숙여진다.

우리네 삶이란 마치 러시안룰렛과도 같은 것, 어차피 한 번 생을 부여받았으니 죽음도 그것이 언제가 되었든 반드시 한 번은 받아야 하는 절대자의 선물 아닌가. 오는 데는 순서가 있어도 가는 데는 순서가 없다고 했다. 다만 조금 앞서 가고 조금 뒤미처 가고 하는 시간상의 차이에 지나지 않을 따름이다. '그래, 이것이 사람의 한평생일 테지……' 잠시 마음이 울울해지다가 이내 평정을 되찾는다.

보다 가치 있는 인생이란 얼마나 오래 살아남았느냐 하는 것이 아니라 얼마나 뜻있게 살았느냐 하는 것이 아닐까. 내일 바람같이 훌훌 사라지더라도 그리 애석해 하지 않을 수 있도록 항시 마음의 준비를 갖추고 생을 꾸려가야 할 것 같다.

묵상을 끝내고 자리에서 일어난다. 동녘 하늘이 희붐하게 밝아오고 있다.

5

인생을 마무르는 길

칭찬은 고래를 힘들게도 한다

'칭찬은 고래도 춤추게 한다'

한때 베스트셀러로 낙양의 지가를 올렸던 책의 제목이다. 무게 3톤이 넘는 거대한 몸집의 범고래가 관중들 앞에서 멋진 묘기를 펼쳐 보일 수 있는 까닭은 고래에 대한 조련사의 칭찬 때문이라는 것이다. 칭찬이 지닌 긍정적인 힘을 역설하는 말이 아닌가 싶다.

하지만 아이러니하게도 이 칭찬이 도리어 당자를 옥죄는 굴레가 되기도 한다. 칭찬 받은 사람은 항시 그 말대로 행동해야 한다는 강박관념에서 자유롭지 못하다.

이를테면 상賞만 해도 그렇다. 상을 주는 것은 더 잘하게 만드는 심리적 자극제를 투여하는 일이기도 하지만, 동시에 더 잘해야 한다는 마음의 올무를 씌우는 일이기도 하다. 칭찬과 격려의 뜻으로 주는 상이 오히려 그의 삶에서 행동반경을 제한할 수가 있다는 이야기다. 보통사람이 하면 그냥 넘어갈 일도 그에게는 엄격한 잣대가 적용된다. '그런 상을 받은 사람이 어떻게 그럴 수가 있어', 조그마한 잘못에도 일쑤 손가락질이 돌아온다. '그가 그럴 리가 없지', 이 한마디가 그에게는 극심한 노이로제로 작용한다.

칭찬을 하는 이한테는 은근히 그에 상응하는 기대치가 깔려 있다. 칭찬 받는 당자로선 거기에 부응하려다 보면 늘 마음이 쫓기게 마련이다. 그래서 높은 기대수준이 멀쩡한 사람을 그르치게 만들 수 있다.

칭찬이 좋다고 하여 무작정 칭찬만 한다고 다 되는 것은 아닐 게다. 칭찬도 칭찬 나름이다. 그건 어느 정도 가능성을 보일 때에나 약이 될 뿐이다. 뱁새가 황새 따라가다가는 가랑이가 찢어진다는 말도 있지 않은가. 능력은 까짓것인 아이에게, 격려한답시고 "너는 할 수 있어, 너는 충분히 해 내고야 말 거야."라고 추어올린다면 그 말 때문에 아이는 더욱 움츠러들지도 모른다. 이때의 칭찬은 그 아이를 긍정적으로 이끄는 것이 아니라 도리어 사지로 내모는 역효과를 가져온다.

연전에 효행상을 탄 친구가 있다. 어느 날 그가 내게 긴 한숨을 내쉬며 고백했었다. 차라리 그 상 안 받았으면 좋았을 것 같다고. 친구는 효행상을 받은 이후로 언제나 주변의 시선에서 스스로 자유롭지 못하다고 했다. 결국 그에게 주어진 효행상이 그를 옭아매는 족쇄가 되고 있는 셈이다.

우리같이 글 쓰는 사람에게는 누군가 해 주는, 글을 잘 쓴다는 칭찬이 늘 강박관념에서 헤어나지 못하게 만든다. 좋은 작품을 써야 한다는 욕심이 찰거머리처럼 마음을 옥죄기 때문이다.

칭찬은 고래를 춤추게도 하지만 한편으로는 고래를 힘들게도 한다. 이로 미루어 보면, 세상 모든 일에서 빛과 그림자는 항시 존재하는 것인가 보다.

 '~라'에 관한 짧은 생각 하나

　일주일에 한두 번씩은 서점에 간다. 꼭 필요한 책이 있어
서 가기도 하지만, 어쩌다 약속이 어그러져 적당히 시간을
때워야 할 때에도 찾게 된다. 무료를 달랠 겸 새로운 글감을
만나고 색다른 생각을 줍기에는 서점만 한 곳이 없는 것 같
아서이다.

　오늘도 S서점에 들렀다. 인터넷 서핑을 즐기듯 판매대를 옮
겨 다니며 이 책 저 책에 관심을 보낸다. 크기며 판형도 천차
만별이거니와 장정도 각양각색이어서 눈이 지루하지가 않다.

　불현듯 번쩍 하는 수확 하나를 얻고는 속으로 '이거다!' 외
치며 무릎을 쳤다. 독자들 눈에 잘 띄는 곳에 진열된 책들은

상당수가 '~라' 식의 제목을 달고 있다는 공통분모를 찾아낸 것이다. 무슨 대단한 발견이라도 한 사람처럼 나는 그만 마음이 바빠졌다.

이것저것 손에 닿는 대로 집어선 휘릭 휘릭 책장을 넘기며 훑어본다. 더욱 흥미로운 점은, 비단 제목뿐만 아니라 내용의 세부목차에서도 처음부터 끝까지 하나같이 '~라', '~라', '~라'로 이어지고 있다는 사실이다.

'라'의 의미를 사전에서는 어떻게 규정해 두었을까. '구체적으로 정해지지 않은 청자나 독자에게 책 따위의 매체를 통해 명령의 뜻을 나타내는 종결 어미', 혹시나 싶어 펼쳐본 국어대사전은 역시나 생각했던 그대로였다. 그렇다. 굳이 사전을 들먹이지 않더라도 '라'에는 어디까지나 지시 혹은 명령의 뜻이 담겨 있음은 누구나 익히 아는 사실이 아닌가.

'○○○는 과감히 탈당하라', '세종시 원안 사수하라'

'~라'를 보고 있으려니, 불현듯 붉은 피켓을 앞세우고 목에 핏대를 올리며 거리를 행진하는 투사들의 분노에 찬 눈빛이 떠오른다.

'지도 밖으로 행군하라', '성공하려면 습관을 바꿔라', '사랑하라, 끝까지 사랑하라', '가슴 뛰는 상상을 즐겨라'……, 이른

바 베스트셀러라고 불리는 책 가운데 제목이 '~라'로 된 것들
이 태반이다. 소설류, 에세이류는 물론이고, 특히 처세술에 관
한 책에서 이런 경향은 두드러진다. 저는 뭐가 그리 똑똑하고
잘났다고 이래라 저래라 지시하고 명령한단 말인가.

차라리 '~자' 식이었다면 반감은 덜할지 모르겠다. '~자'라
는 표현은 '~라'보다는 훨씬 완곡한 어법이어서, 동의는 구하
고 있을지언정 강요하는 인상을 주지는 않기 때문이다.

사람의 심리란 참으로 묘한 것 같다. 직접 마주보고 대화할
때는 지시 투나 명령조엔 반발심을 가지면서, 어찌하여 책에
서는 이런 표현법이 독자들에게 별 거부감 없이 받아들여지는
것일까. 아무리 궁리에 궁리를 거듭해 보아도 내 아둔한 머리
로는 도무지 까닭을 알지 못하겠다.

누가 속 시원히 그 이유를 설명해 주실 분 어디 없을까.

겉멋과 속멋

우중충한 카키색 티셔츠에 물이 날아간 청색 바지를 입었다. 그 흔한 반지며 귀고리 같은 장신구 하나 갖추지 않았다. 화장기 없는 맨얼굴에 막 빗어 감아올린 머리 모양, 어디서든 흔히 볼 수 있는 전형적인 중년 아줌마 풍이었다. 스물 몇 해 전, 일선에서 선생으로 아이들을 가르치고 있었을 때 만났던 한 학모의 차림새를 지금도 잊지 못한다.

지극히 평범한 가정주부, 그 이상도 이하도 아니었다. 처음엔 무슨 물건 팔러 온 장사치인 줄로 알았다. 깍듯이 맞지 못하고 건성으로 대했던 것도 그런 이유에서이다. 나중에 학생의 아버지와 친분이 있던 지인으로부터 그 집이 종업원을

천여 명이나 둔 탄탄한 기업체를 운영하고 있다는 사실을 전해 들고는 스스로의 선입견을 크게 부끄러워하지 않을 수 없었다.

비단 나만이 그랬던 것이 아니다. 그 학모가 백화점을 찾았을 때 판매원 아가씨들이 보인 반응도 별반 다르지 않았던 모양이다. 아가씨들은 처음엔 그저 그렇고 그런 고객쯤으로 시큰둥하게 대했다 한다. 잠시 후, 학모가 회사 창립 기념일에 쓸 우산을 주문하는데 그 숫자가 무려 천 개나 되었다. 순간, 아가씨들의 표정이 금세 백팔십도로 바뀌면서 풋보리같이 뻣뻣하던 고개가 실버들처럼 나긋나긋해지더라는 것이다. 예의 지인이 들려준 사연이다. 담임 면담차 찾아온 그 학모는 그렇게 나의 뇌리 깊숙이 특별한 첫인상으로 각인되어 있다.

번드레하게 차려 입은 여인과 사귐을 갖던 청년의 이야기를 들은 기억이 새롭다. 여인의 겉모습에 끌려 연애 관계를 이어 나가던 청년은 결혼을 마음에 두고서 뒤를 캐기 시작한다.

그러던 어느 날, 청년이 여인의 귀갓길을 밟아 따라갔을 때 그녀가 당도한 곳은 대궐같이 으리으리한 저택이 아니라 남루하기 짝이 없는 달동네 판잣집이었다. 청년은 넋을 잃고 그 자리에서 얼어붙어 버렸다. 겉모습으로 사람의 됨됨이를 판단하였으니 그가 받았을 실망감은 충분히 미루어 짐작이 가능한 일 아닌가. 그들의 사귐이 어떻게 귀결되었는지 뒷일은 알 수 없지만, 이런 이야기를 들을 때면 한 번씩 자신을 돌아보게 된다.

수레는 빈 것일수록 요란하고 벼는 익을수록 고개를 숙인다고 했던가. 선인들이 가르쳤던 세상살이의 지혜로움에 새삼 고개를 끄덕이지 않을 수 없다.

살아가다 보노라면 남의 눈을 의식하여 분에 넘치는 사치를 부리고픈 허영심이 불쑥불쑥 고개를 내밀 때가 많다. 그럴 때마다 그 학모는 내게, 쓸데없는 겉멋 부리지 말고 알뜰히 속멋을 가꾸라며 따끔하게 일침을 놓는 인생의 의원이 되어 주곤 한다.

대중가요의 힘

'누구나 한 번쯤은 넘어질 수 있어
이제 와 주저앉아 있을 수는 없어
내가 가야 하는 이 길에 지쳐 쓰러지는 날까지
일어나 한 번 더 부딪쳐 보는 거야……'

가수 윤태규가 불러 많은 사람들의 사랑을 받고 있는 유행
가 '마이 웨이'의 한 소절이다. 고단한 세상살이에 지친 영혼들
에게 얼마나 위안과 용기를 주는 노래인지 모르겠다. 천박한
사랑 놀음을 다룬 대중가요가 판을 치고 있는 요즘 시대에 이
처럼 건강한 노래도 사실 드물 것 같다.

그렇다. 세상을 살다 보면 누구나 한 번쯤은 돌부리에 걸려

넘어질 수 있다. 기나긴 인생에 한 차례도 고비가 없다면 오히려 밋밋해서 무슨 재미로 살 것인가. 이런 인생은 이야깃거리가 없는 죽은 인생이나 마찬가지다. 그래서 『보왕삼매론寶王三昧論』에서는 이렇게 가르치고 있다.

'세상살이에 곤란 없기를 바라지 말라. 세상살이에 곤란이 없으면 업신여기는 마음과 사치한 마음이 생기게 되나니, 그래서 성인이 말씀하시되 근심과 곤란으로써 세상을 살아가라 하셨느니라.'

어린 시절 친구와 싸우고 울며 들어왔을 때, 할머니는 그런 나를 보고 이렇게 달래셨다.

"울지 마라. 울면 지는 거란다."

어른에게선들 뭐 다를 것인가. 다만 그 싸움의 대상이 친구에서 세상살이로 바뀌었을 뿐이다.

인생에서 시련은 대부분 예고 없이 들이닥친다. 그리고는 우리를 시험에 들게 한다. 그 시험에 무릎을 꿇어 버린다면 패배자가 되고 말지만, 슬기롭게 이겨내면 그것은 삶을 살찌우는 밑거름이 되어준다.

대중가요라고 해서 무조건 낮추어 볼 일이 아니다. 한 소절의 유행가가 백 마디의 철학적인 가르침보다 더욱 큰 울림으

로 가슴을 적셔 올 때가 있다. 이것이 대중가요가 가지는 힘이
아닐까.

감상적이고 유약한 노래, 값싼 사랑타령의 가사 대신에 밝
고 건강하며 희망과 용기를 불어넣어 주는 노래, 그런 내용의
가사가 보다 많아졌으면 하는 바람이다. 그리 될 때 사람들이
대중가요를 대하는 정서도 그만큼 달라질 수 있으리라.

돈도 명예도 사랑도 다 싫다

사랑도 지나치면 독이 되는가 보다.

지독히도 아들을 사랑한 한 중년의 여인을 나는 알고 있다. 그녀는 아들을 사랑하는 방법이 서툴렀다. 아낌없이 돈만 주면서 무조건 닦달하는 것을 사랑이라고 여겼다. 자나 깨나 공부, 공부를 입에 달고 살았다. 그리고 공부만을 전부로 알았다. 아들은 어머니의 지나친 기대로 인한 정신적 중압감에 시달렸고, 그 마음의 짐을 감당하지 못해 괴로워했다. 그러다 마침내 스스로 목숨을 끊는 극단적인 방법을 선택하고 만다.

생떼같이 건장하던 자식을 가슴에 묻어야 했던 여인은 내 아들을 살려내라며 허공에다 대고 절규한다. 그 절규가 꼭 내

일만 같아 마음 언저리에 찌르르 파문을 일으킨다.

그녀는 세상에 돈이 최고고, 해서 모든 것을 돈으로 해결해 줄 수 있다고 믿었다. 그것이 엄청난 착각이었음을, 상황이 종료되고 나서야 뒤미처 깨달았으나 기차 떠나고 나서 손 흔드는 격이었다.

자식을 잃고 나면 돈에 대한 가치 관념도 달라지는 모양이다. 그토록 소중하게 여겨지던 돈이 한낱 허공의 뜬구름에 지나지 않아 보인다. 돈이면 무엇이든 다 된다는 생각이 얼마나 어리석은 판단이었는지 가슴을 치며 뉘우친다. 그러면서 세상에는 돈으로도 살 수 없는 것이 있다는 사실을 비로소 뼈저리게 깨닫는다. 하지만 때는 이미 늦은 것이다. 죽은 자식 불알 아무리 만져 봐야 다시 살아날 일이 만무하지 않은가.

이전에는 눈에 보이지 않던 것이 보이고 귀에 들리지 않던 것이 들린다. 마음의 눈이 떠지고 마음의 귀가 열리는 것이다.

세상 그 무엇이든 자신의 경험과 합치될 때 의미롭게 다가온다. '돈도 명예도 사랑도 다 싫다', 그녀에게는 지난날 예사로이 듣던 윤심덕의 '사의 찬미'라는 이 대중가요 가사가 더욱 의미심장하게 다가온다. 꼭 자기를 위해 지어 둔 노랫말 같다.

일제 치하 시절, 일본 유학생으로 서로가 서로에게 애정의 포로가 되어 이루어질 수 없는 사랑으로 괴로워했던 두 사람 김우진金祐鎭과 윤심덕尹心悳, 한 사람은 목포 대지주의 장남이었고 또 한 사람은 이 땅의 최초의 소프라노 여가수로서 만인의 우러름을 받던 존재였다. 둘은 관부연락선을 타고 귀국하는 뱃머리에서 '사의 찬미'를 부르며 현해탄에 함께 몸을 날리고 만다. 유부남과 처녀의 맺어질 수 없는 애절한 사랑 이야기가 가슴에 아릿한 통증으로 전해져 온다.

스토킹이라는 것이 있다. 굳이 싫다는 상대를 끝까지 물고 늘어지며 놓아주지 않는 행위이다. 스토킹에 빠지는 사람은 이것을 사랑이라고 착각한다. 이 착각이, 스토킹을 가하는 사람이나 당하는 사람이나 서로를 힘들고 지치게 만든다.

붙들고 늘어지는 것은 이미 사랑이 아니다. 그것은 어디까지나 집착일 따름이다. 집착은 끝내 파멸로 이어지는 속성을 지녔다. 예의 이 어머니도, 두 남녀도 결국 집착이 부른 불행으로 파멸에 이른 경우들이 아닐는지……

사랑은 얽어매는 것이 아니라 놓아주는 것이다. 상대의 뜻을 존중해 주는 것이다. 사랑하기 때문에 헤어진다는 자기변명 같은 역설도, 그래서 단순히 억지논리라고 할 수만은 없는가 보다.

인생을 마무르는 길

또 그 광경이다. 오늘도 언제나처럼 화투판이 벌어져 있다. 비가 오나 눈이 오나 한결같은 개장률開場率을 자랑한다.

계룡산溪龍山 꼭대기 체육공원 한 모퉁이가 그들의 아지트다. 강의 시간 전 짬을 내어 산책 삼아 오르다 보면 그때마다 목격하는 일이다. 단 한 번도 공치는 날이 없다. 봄부터 여름, 가을까지는 시원한 파고라 아래서, 겨울에는 따뜻한 컨테이너 안에서 백 원짜리 고스톱 판은 어김없이 펼쳐진다. 학창 시절 공부를 그만큼이나 했으면 모두가 일등은 따 놓은 당상이 아니었을까.

구성원들의 면면도 화려하다. 중·고등학교 교장, 대학 교

수, 대기업체 간부, 은행 지점장……, 시쳇말로 하나같이 왕년에는 잘나갔던 인사들이다. 그들의 신분을 캐내려고 일부러 뒷조사를 하거나 그랬던 건 아니다. 자기네끼리 서로 그리 부르니 귀동냥으로 알게 되었을 뿐이다.

같은 시간, 계룡산 아래 자리한 M방송 부설 문화강좌에서는 문예창작교실이 열린다. 이삼십 대의 젊은이에서부터 장년, 중년, 노년층에 이르기까지 연령대도 다양하거니와, 회사원을 비롯하여 공무원, 교사, 기업가, 성직자, 가정주부 등 직업이며 신분도 백인백색이다. 초등학교밖에 나오지 못한 이가 있는가 하면 대학원에서 박사 학위를 받은 사람까지 있다. 환갑 진갑을 훌쩍 넘기고 내일모레면 일흔을 바라보는 나이에도 배움에의 열정을 불태우는 어르신들을 대할 때면 그 진지함에 고개가 숙여진다.

화투 놀이와 글쓰기 공부, 둘 가운데 어느 편이 더 재미있고 유익한 일인지에 대해선 물론 사람마다 답이 엇갈릴 것이다. 다만 한 가지 분명한 사실은, 전자가 결과가 남지 않는 일이라면 후자는 결과가 남는 일이라고나 할까.

고희를 앞두고 늦깎이로 몇 해째 글쓰기에 정진하여 마침내 작품집을 낸 분이 같은 연배의 한 지인에게 책을 건네며 한마디 던졌다고 한다. 만날 '죽마고우'(죽치고 마주앉아 고스톱 치는 친구)로 허송세월만 하지 말고 보다 뜻있게 시간을 보내 보라고.

돌아온 대답에 그분은 참담함을 금치 못하였다고 했다.

"안 그래도 신경 쓸 일이 많은 세상인데 그런 골치 아픈 거 뭣 하러 사서 하느냐."

생활의 질 향상과 의학의 발달로 인간의 수명이 점점 늘어나고 있다. 그러다 보니 은퇴한 뒤에 보내야 하는 여생도 그에 비례하여 길어졌다. 이제는 그 기간이 족히 삼사십 년은 된다.

남은 삶을 화투놀이에 바칠 것이냐, 아니면 자기계발에 투자할 것이냐. 어느 쪽이 인생을 보다 의미 있게 마무르는 길이 될까. 그 판단은 각자가 취할 선택의 몫이다.

글 도둑

'책 도둑은 도둑이 아니다. 따라서 처벌할 수 없다.'

만일 책의 도난 사건으로 인해 송사訟事가 걸린다면, 추측컨대 아마도 이런 판결이 내려지지 않을까 싶다.

이 땅의 사람들은 책에 관한 한 무척 관대한 편이다. 책은 슬쩍한 다음 제 책꽂이에 꽂아 두고 돌려주지 않아도 그다지 죄가 되지 않는다는 것을 사회의 묵시적 합의쯤으로 여긴다. 지식을 얻고 마음의 양식을 쌓으려는 순수한 의도에 매몰차게 법의 칼날을 들이댈 수는 없다는 생각에서인지 모르겠다.

누구 없이 다들 한두 번씩은 책을 잃어버린 경험이 있으리라. 도둑질을 해 간 사람이나 도둑을 맞은 사람이나, 본의였든 아니든 그것이 도둑질이라는 의식 자체를 갖지 않는 성싶다. 이것이 책을 귀히 여기는 마음에서인지, 아니면 거꾸로 천히 여기는 마음에서인지는 내 아둔한 식견으로선 섣불리 판단을 내리지 못하겠다. 다만, 애초 의도가 불순하지 않은 이상 그 문제로 인품의 높낮이까지를 들먹여서는 곤란하지 않느냐는 생각인 모양이다.

나 역시 여러 차례 책 도둑을 맞아 보았다. 그때마다 잃어버린 책이 특별히 아끼던 귀중본이 아닌 한 도둑맞았다고 여기지를 않았다. 그저 필요해서 가져갔으려니 하고 가볍게 넘겼었다. 어찌 보면 책꽂이에서 주야장천 쿨쿨 잠만 자고 있는 것보다야 오히려 나을 법도 하지 않은가.

그에 반해 글 도둑에 대해서는 완전히 생각이 다르다. 글 도둑질은 어떠한 변해의 말로도 결코 용서 될 수 없는 파렴치한 범죄 행위라는 입장이다. 그것은 평소 글 도둑질이야말로 작가의 머리를 훔치고 영혼을 송두리째 빼앗는 비인간적인 짓이라고 여기고 있기 때문이다.

일전에, 그러한 상황이 내게도 현실로 나타나고 말았다. 글 도둑을 맞은 것이다. 나는 예외일 수 있으려니 여겼는데, 나도 예외는 아니었다. 뜻밖의 일을 당하고 보니 너무 황당하고 어이가 없었다. 마치 경기 들린 사람처럼 손이 부들부들 떨리고, 뒤통수를 얻어맞은 듯 머리통이 흔들거렸다.

지난봄, 대구의 모 일간지에 '사랑은 있어도 사랑이 없다'라는 에세이 한 편이 소개되었었다. 초름한 글이었음에도 독자들로부터 분에 넘치는 호응을 받았던 작품이다. 그 작품을 누군가 감쪽같이 훔쳐간 것이다. 제목은 물론이려니와 본문마저 글자 한 자 바꾸지 않고 마치 자기 글인 양 발표를 해 놓았었다. 거기다가 버젓이 인물사진까지 곁들여져 있었다. 충남 서산에서 발행되는 'S 타임즈'라는 지역신문에서다. 경상도와 충청도, 오로지 수백 리 떨어져 있는 물리적 거리 하나 믿고서 그저 눈 가리고 아옹 하면 아무 탈이 없을 줄로 알았나 보다, 인터넷이 신경망처럼 깔려 있는 이 대낮 같은 세상에.

이리저리 수소문을 해 보았다. 결국 그 지역에 살고 있는 사십대 여자 분의 소행으로 밝혀졌다. 전혀 예상 밖에도 착하고 순박한 농부農婦였다. 도저히 그런 몰상식한 짓을 할 위인 같아 보이지가 않았다.

사실이 드러나자, 그녀는 사시나무처럼 와들와들 떨었다. 글이 너무 가슴에 와 닿아서 잠시 이성을 잃었었다며 깊이 머리를 조아렸다. 자신의 행위가 죄가 되는 줄을 까마득히 몰랐다고 했다. 책 도둑은 도둑이 아니라는 말이 있고 보면, 줄잡아 책 한 권 분량의 오십 분지 일에도 못 미치는 글 한 편 훔쳐가는 것이 뭐 그리 대수냐고 가볍게 생각했는지도 모르겠다.

정리情理상으론 모른 척 눈감고 넘어갈 수도 있다. 하지만 그럴 일이 아니었다. 그냥 놔두자니 괜히 스스로 바보가 되는 기분이었다. 아니, 그보다는 일단 죄를 지었으니 그에 상응하는 벌을 받게 하는 것이 마땅할 노릇 아닌가. 그래, 단단히 매운맛을 보여주자. 그래야 두 번 다신 그런 부도덕한 행실을 되풀이하지 않을 게 아니냐. 이것이 또한 당자를 위해서도 바람직한 일이 되리라. 나는 이렇게 내 편리한 대로 자의적인 해석을 내리고 있었다.

문제의 매듭은 이것으로 일단락이 지어졌다. 다음 차례로 그 매듭을 푸는 일만 남았다. 풀지 아니하고는 도저히 마음의 울렁거림을 가라앉힐 수 없을 것 같았다.

풀긴 풀되 어떤 식으로 풀어야 좋을지 혼자서는 판단이 서질 않는다. '그깟 일에 요란을 떨긴', 이렇게 나올지도 모를 세상 사람들의 비난의 화살에 방패막이를 세워 둘 필요가 있었다. 벗에게도 물어보고 지인들한테도 떠보았다. 밑에서 글공부 하는 이들로부터도 의견을 구했다. 어디 함부로 남의 글을……, 그것도 심지어 사진까지 곁들여 가지고. 대다수가 이런 반응이었다. 그러면서 이구동성으로 엄한 처벌을 주문했다. 이것으로 응원군은 충분히 확보된 셈이다. 단단히 뜨끔한 맛 좀 봐라. 사로잡은 쥐를 요리하는 고양이처럼 나는 이렇게 마냥 신바람을 내며 폭군의 위세를 떨치고 있었다.

가까운 경찰서로 달려가 고소장을 썼다. 화장실하고 경찰서는 멀면 멀수록 좋다고 했던가. 그다지 아름답지 못한 일로 이런 곳을 찾기는 난생처음이다. 이제 며칠 뒤면 사이버수사대에서 피의자를 소환할 것이고, 그러면 조사실에 불려가 취조를 받게 될 것이고, 그리 되면 그 다음 순서는……. 커튼 뒤로 몸을 감추고 무대 위에서 펼쳐지는 연극을 훔쳐보는 기분이었다.

며칠이 지났다. 시간은 사람을 눅게 만드는 묘약인가 보다. 한껏 흥분되었던 감정이 시나브로 수그러져 갔다. '어쩌면 이럴 수가 있어', 하던 마음은 '어쩌다 그럴 수도 있지', 하는 마음으로 바뀌었다. 생각 한번 돌려먹기에 따라 사람의 심사가 이렇게나 달라질 수도 있다는 사실에 스스로 놀란다.

그렇잖아도 날이 갈수록 글을 읽지 아니하는 세상, 영상매체에 짓눌려 활자매체가 기조차 펴지 못하는 세태 아닌가. 이처럼 글이 푸대접 받고 있는 시대에, 그 여자 분만큼 시답잖은 내 글을 사랑하고 아껴 줄 사람이 또 누가 있을 것인가. 그러니 돌려 생각을 해 보면 얼마나 고마운 일인가. 찾아가서 넙죽 절이라도 하는 것이 도리어 도리에 맞으리라. '한 편 아니라 열 편, 아니 백 편이라도 좋다. 얼마든지 가져가거라. 가져가서 민들레 갓털처럼 세상에다 훌훌 퍼트려 다오.' 마음속에서는 이런 얄망궂은 심사가 꿈틀거리고 있었다.

'글 도둑은 처벌할 수 없다. 오히려 상을 주어야 마땅하다.'

내 마음의 판관은 결국 이렇게 판결을 내렸다.

다음 날 아침, 곧장 경찰서를 찾아가 고소 취하서에 서명 날인을 했다. 한때나마 이번 일로 적잖이 마음고생을 겪게 만든 내 불민한 행위가 너무 미안하고 죄스러웠다. 속담에 맞은 놈은 다리 뻗고 자도 때린 놈은 다리 오그리고 잔다고 했던가. 사실 나 역시도 그 문제로 잔뜩 신경 줄이 곤두서 있기는 마찬가지였다. 심한 체증이 한꺼번에 내려가는 듯 가슴속이 후련하다. 용서가 상대편뿐 아니라 자기 자신까지도 그리 마음을 편하게 만든다는 세상사의 이치 하나 새삼 깨친다.

돌아서 나오는 길에 아침 햇살이 눈부시다. 내딛는 발걸음이 새털처럼 가볍다.

두 눈 부릅뜨고

　가까스로 비집고 들어와 자리를 잡았다. 하객들은 꾸역꾸역 쉴 새 없이 밀려든다.

　접시에 담아온 음식을 한참 정신없이 그러넣다 무심코 건너편 자리로 눈길이 갔다. 모자가 다정스럽게 앉아서 먹는 즐거움에 빠져 있다. 서른 중반쯤 되어 보이는 엄마와 예닐곱 살 가량의 남자아이다. 어미 제비가 새끼 제비에게 먹이를 물어다 나르듯 엄마는 아이의 접시에 담긴 음식을 부지런히 집어 입에다 넣어준다. 연신 "엄마 맛있어. 엄마 맛있어." 하며 납죽납죽 받아먹는 아이의 표정에 행복감이 가득하다. 그 광경에 마음이 끌려 자꾸만 슬쩍슬쩍 곁눈질을 한다.

나란히 놓인 접시를 보는 순간 나는 그만 눈이 화등잔만 해졌다. 놀랍게도 엄마와 아이의 그릇에 담긴 요리가 어쩌면 그리 똑같을 수가 있을까. 소불고기에다 돼지고기 수육, 닭다리 튀김, 훈제 오리고기, 너비아니, 거기다 햄과 소시지까지, 온통 육군 일색이다. 야채라고는 눈 비비고 찾으려야 찾아볼 수가 없다. 완전히 풀밭인 내 접시와는 너무도 대조적이다. 고향 동기의 아들 결혼식 잔칫날 찾은 한 예식장 뷔페는 그렇게 강렬한 인상을 뇌리에 남겼다.

이런 식습관에 길들여져 있는 저 아이가 자라서 장차 어른이 되었을 때 과연 어떤 결과로 나타날 것인가. 오지랖 넓게도, 아이의 앞날에 대한 걱정으로 마음이 불안해진다. 비록 내 아이이지만 동시에 우리 아이이기도 하지 않은가.

이 땅의 대장암 발병률이 가파른 속도로 치솟고 있다. 동양인의 장 길이는 서양인의 그것에 비해 약 30센티미터 정도가 더 길다고 한다. 섭취한 음식물이 그만큼 장에 오래도록 머물면서 독소를 뿜어낼 수밖에 없다. 육식 위주의 식습관이 우리에게 특히 문제가 되는 까닭이 여기에 있다.

지난날 보릿고개 넘기가 태산 넘기보다 힘에 겨웠던 시절, 우리 세대는 어머니가 산과 들에 나는 풀뿌리 캐고 나무껍질

벗겨 와서 차려 주신 음식을 먹고 자랐다. 지금 돌이켜 보니 그 천연의 먹을거리들이 오히려 보약밥상이 아니었나 싶은 생각이 든다.

엄마의 입이 가족의 건강과 직결된다. 주부들은 평소 자기가 좋아하는 것 위주로 음식을 장만하기 쉽고, 그러다 보면 그것이 가족 전체의 식습관으로 굳어지기 때문이다.

요즈음 아이들은 어릴 때부터 육식에 길들여져 있다. 그래서 고기반찬이 나오지 않으면 밥상이 아무리 풍성해도 일쑤 먹을 게 없다고 투정을 부린다.

이 일을 어쩔 것인가. 고운 자식일수록 매 한 번 더 든다고 했다. 그냥 오냐오냐 하며 감싸고만 들 일이 아니라, 항시 두 눈 부릅뜨고 아이들을 육식의 유혹으로부터 지켜 내어야 하리라. 이것이 오늘의 우리 어머니들이 지녀야 할 진정한 자식 사랑의 자세가 아닐까.

전복위화

태풍 산바가 내륙을 관통하여 지나갔다. 조금 전까지만 해도 거센 비바람이 휘몰아치더니, 언제 태풍이 왔었던가 하고 의아심이 들 만큼 청잣빛 하늘이 싱그럽기 그지없다.

산바는 광란의 삼바 춤을 추면서 산천의 요소요소에다 엄청난 생채기를 남겼다. 사태로 칼자국이 난 듯 벌건 속살을 드러낸 산자락, 종잇장처럼 구겨진 자동차, 갈기갈기 찢기고 뜯긴 길들이 그의 위력을 말해 주고 있다. 한바탕 포화가 휩쓸고 지나간 전쟁터를 방불케 한다.

처음에 태풍이 다가온다는 기상예보를 보면서, '아르바이트'를 '알바'니 '돌아온 싱글'을 '돌싱'으로 줄여 쓰듯이 줄임말 좋아하는 우리 식대로 '산바'가 그저 '산들바람'이기를 마음속으로 빌었다. 산들바람처럼 산들산들 불어와 지난여름 대지를 펄펄 달구었던 무더위나 깨끗이 실어 갔으면 더 바랄 것이 없겠다 싶었다.

소망은 한낱 소망일 뿐이었다. 산바는 짓궂게도 한반도의 허리를 가로질러 온 산하를 할퀴면서 그 소망을 여지없이 무너뜨리고 말았다. 그로 인해, 몇 해 전 수조 원대의 피해를 남겼던 '매미'에 버금가는 손실을 입혔으니 야속하기 짝이 없다.

화불단행禍不單行이라고 했던가. 태풍 볼라벤이 한 차례 휩쓸고 지나간 지가 얼마나 되었다고, 엎친 데 덮친 격으로 그새 또다시 대형급인 산바가 몰아닥쳐 감당하기 힘든 재변을 안겨 놓았다. 그저 하늘이 원망스러울 뿐이다. '망연자실'이라는 말밖에는 딱히 적절한 표현을 찾지 못하겠다.

피해가 워낙 심각하다 보니 어디서부터 손을 대야 할지 막막한 상황이다. 삶의 터전을 새로 일구려 복구에 안간힘을 쓰고 있는 수재민들의 모습이 안쓰럽다.

태풍이 물러가고 난 다음 날, 지인의 별장이 이번 태풍에 큰 피해를 입었다는 소식이 날아들었다. 산골짜기 계곡을 끼고 있어 운치를 더해주던 절경이었다. 찾아오는 사람들마다 빼어난 풍광에 반해 감탄사를 연발했던 곳이다.

소식을 들은 다음 날 아침, 상황이 궁금하여 한달음에 달려가 보았다. 눈앞에 펼쳐진 현장에 할 말을 잃었다. 그저 저런! 저런! 하는 탄식만 쏟아질 뿐이었다. 수십 년간 공들여 가꾼, 말 그대로 그 그림 같았던 휴양지가 하루아침에 쑥대밭이 되어 있었다. '전화위복'이 아니라 '전복위화轉福爲禍'라고나 할까. 언제라도 화가 변해서 복이 되고 복이 바뀌어 화가 될 수 있는 것이 세상살이의 이치임을 생생히 깨우쳐 주는 인생의 교육장이었다.

많은 사람들이 물 맑고 공기 좋은 명산의 계곡 근처에다 그림 같은 별장 하나 갖고 싶은 꿈을 그리며 산다. 하지만 이번 일로 보면 너무 그렇게 부러워할 것만도 아닌 성싶다.

'어화 세상 사람들아, 부자라고 자세를 말고 가난타고 한을 마소'

이렇게 읊은 판소리 흥부가의 한 대목을 떠올리며, 재물을 대하는 옛사람들의 오롯한 삶의 자세를 배운다.

지금 형편이 좀 괜찮다고 우쭐대지도 말 것이며 어렵다고 절망하지도 말 일이다. 느닷없이 참화를 입어 실의에 빠져 있는 수재민들에게 꼭 전해주고 싶은 위로의 말이다.

사람은 무엇으로 사는가

'사람은 무엇으로 사는가

톨스토이의 단편소설집 제목입니다.

사람이 사람으로 생겨나서 사람의 일을 못 하면 어찌 사람이라 할 수 있겠습니까. 우리가 일평생을 살면서 사람다운 삶, 후회 없을 인생을 가꾼다는 것이 말처럼 그리 만만한 문제는 아닐 것입니다.

'사람은 무엇으로 사는가

참으로 중하고도 어려운 인생살이의 화두가 아닌가 합니다. '우물쭈물하다가 내 이럴 줄 알았다' 버나드 쇼의 묘비명에 새겨져 있다는 그런 탄식을 쏟아놓지 않으려면 나날이 이 물음을 가슴에 새기고 곱씹으며 살아가야만 할 것 같습니다. 그래야 언젠가 생을 마감하는 순간이 왔을 때 조금은 덜 후회하면서 눈을 감을 수 있지 않을까요. 그 덜 후회할 수 있는 길이 과연 무엇이겠습니까. 돈, 권력, 명예……, 이런 표피적인 것들을 추구하는 삶일까요, 사랑, 봉사, 헌신……, 이런 영혼을 살찌울 수 있는 것들을 추구하는 삶일까요.

수년간 말기 암 환자를 진료한 한 일본인 의사가 지은, '죽을 때 후회하는 것들 25가지'라는 책이 있습니다. 천 명이 넘는 암 환자들의 죽음을 접하며 그들이 남긴 이야기를 정리하여 엮어낸 임상 경험서입니다.

이 책에 의하면, 그 후회스러운 일들이란 대다수 외면적으로 드러나는 크고 화려한 것들보다는 내면에 감추어진 작고 소박한 것들입니다. 책에는 편 편마다 이런 것들에 애정과 관심을 기울이지 않고 살아온 뉘우침들로 채워져 있습니다. 이를테면 자신의 몸을 소중히 여기지 않았던 것, 아이를 낳아 기르지 않았던 것, 사랑하는 사람에게 '고마워요'라고 말하지 않았던 것, 고향에 찾아가지 않았던 것, 하고 싶은 것을 하지 않았던 것, 남겨진 시간을 소중히 보내지 않았던 것, 자신이 산 증거를 남기지 않았던 것 따위입니다.

여기 어디에 미인을 구하기 위해 애쓰지 않았던 것, 돈을 벌기 위해 노력하지 않았던 것, 권력을 거머쥐려고 몸부림치지 않았던 것, 명예를 얻기 위해 동분서주하지 않았던 것 같은 조목들이 있습니까. '화무십일홍花無十日紅 권불십년權不十年'이란 말이 '사람은 무엇으로 사는가'라는 물음에 가장 절실히 다가오는 경구가 아닐까 싶습니다. 항용 미인을 구하고 권세를 탐하길 좋아하는 것은 인지상정이겠지요. 이런 것들은 설탕처럼 당장은 혀를 즐겁게 해주기 때문입니다. 하지만 좋은 약은 입에 쓰나 병에 이롭다고 했던가요. 그 반대로 달콤한 유혹에 빠져서 살다 보면 머지않아 건강을 망가뜨리고 인생을 그르치기 일쑤입니다.

'하지 말라는 것을 하고 하라는 것을 하지 않는 것', 성현들의 가르침대로 이것과 반대되는 삶을 가꾸어 가는 것이 '사람은 무엇으로 사는가' 혹은 '사람은 무엇으로 살아야 하는가'라는 물음에 대한 답이 될 수 있지 않을까 합니다.

나에겐 아직도 일조가 있다

여인은 세상살이에 아무런 어려움을 몰랐다. 남편 돈 잘 벌겠다, 아이들 공부 잘하겠다, 그 덕에 입때껏 온실 속의 화초처럼 살았다.

그런 그녀의 삶에 불행의 그림자가 드리워진 것은 남편이 무단히 도박에 손을 대기 시작하면서부터이다. 차돌에 바람이 들면 석돌보다 못하다고 했던가. 더없이 착하고 성실하기만 하던 남편은 한 번 도박에 빠지자 그만 이성을 잃고 말았다. 한 푼 두 푼 모아서 장만한 알토란 같은 집이 하루아침에 도박빛으로 남의 손에 넘어갔다. 그 다음으로, 물려받은 토지들이 남의 것이 되었다. 돈이 된다 싶은 것은 차례로 타인의 명의로 바뀌었다. 손때 묻은 가재도구들마저 트럭에 실려 나갔다. 도박 중독의 폐해는 마약 중독보다 무섭다는 말이 있다. 마지막에는 마누라까지 팔아넘기게 되는 것이 도박의 끝이라고 하지 않는가.

소낙비 내린 뒤에 거센 물살이 들이닥치듯 갑작스럽게 찾아온 불행은 여인의 삶을 송두리째 뒤엎어 버렸다. 여인은 자기에게 닥친 상황을 도저히 받아들일 수가 없었다. 막다른 골목에서 갈 길을 잃은 그녀는 마침내 아이들과 동반자살을 기도하며 치사량의 수면제를 입에다 털어 넣었다.

사람이 죽을 운명은 따로 있다고 했던가. 아직은 때가 아니라며 신은 그녀의 죽음에 손사래를 쳤다. 사경을 헤맨 지 사흘, 결국 아이들만 저세상으로 보내버린 채 극적으로 깨어났다.

한동안 넋을 놓고 지내던 여인은, 이왕지사 이렇게 된 것 죽기 아니면 살기다 작정하고 마음을 다잡았다. 그 순간 번갯불이 스치듯 이순신 장군이 떠올랐다고 했다. 명량해전을 앞두고, 도저히 중과부적이었던 그 절체절명의 순간에도 장군은 결사항전의 의지를 불태우며 선조 임금에게 이렇게 장계를 올린다.

"신에게는 아직도 열두 척의 배가 있습니다."

장군의 이 가슴 서늘한 장계에 그녀는 크게 용기를 얻었다.

재산을 잃는 것은 조금 잃는 것이고 명예를 잃는 것은 많이 잃는 것이며 건강을 잃는 것은 모든 것을 잃는 것이라는 말이 있다. '신외무물身外無物'이라는 가르침도 있다. 몸이 성치 못하면 아무것도 이룰 수가 없다. 온갖 고생과 각고의 노력 끝에 남들의 부러움을 살 만한 부와 명예를 거머쥐었다 한들 건강 하나를 지키지 못했다면 그게 다 무슨 소용이 있을 것인가. 사람 나고 돈 났지 돈 나고 사람 나지 않았다. 있다가도 없어지고 없다가도 있게 되는 것이 돈이다. 목숨이 있고서야 명예도 있다.

경제 위기가 닥치자 돈 때문에 극단적인 선택을 하는 이들의 이야기가 심심찮게 뉴스에 올라와 가슴을 아프게 만든다. 마음을 비운다는 것이 결코 쉬운 일이 아니지만, 예의 여인은 수많은 번민과 고뇌 끝에 마침내 열을 내려놓고 하나를 선택하기로 결심한다.

'그래, 나에겐 아직도 일조日照가 있지 않느냐.'

이렇게 희망적인 쪽으로 마음을 바꾸고 보니 동녘에 떠오르는 해가 눈물겹도록 고맙게 다가오더라고 했다. 오늘 살아 있음으로 해서 저 찬란한 아침 해를 다시 만날 수 있다는 생각에

삶을 선택한 것이 참으로 잘한 판단이었음을 절절히 깨닫게
되었다는 것이다.

　'세상 모든 일은 오로지 마음 하나에 달려 있다.'

　새삼 가슴에 새기고 싶은 말씀이다.

때깔 좋은 과채가 몸에는 나쁘다

낙향하여 전원생활을 시작한 것이 어언 네 해째로 접어들었다. 무릇 세상사가 다 그러하듯, 살아보니 좋은 점도 많지만 나쁜 점도 적지 않다. 그 중 나쁜 점의 한 가지는 시장이 먼 탓으로 생필품 조달에 불편을 겪는 일이다. 하여 가꾸는 재미도 느껴볼 겸 웬만한 채소는 직접 갈아서 먹는다.

손바닥만 한 빈터에다 가지며 호박이며 방울토마토 등속을 갖추갖추 심었다. 반평생을 먹물만 만지며 지내왔으니 농사에는 완전히 젬병이다. 이웃에 물어물어 심고 가꾸며 딴에는 애정을 쏟아 보지만, 수십 년 세월을 흙과 씨름하며 잔뼈가 굵은 토착농군을 따라잡는다는 건 애당초 불가능한 일 아닌가. 심는 시기도, 비료 주는 때도 제대로 맞추지 못한다. 거기에다가 농약을 치지 않으니 이웃 밭의 벌레들까지 죄다 모여들어 잔칫상을 벌이기 일쑤다. 당연히 수확량도 초라할 뿐더러 때깔도 나지 않는다.

작목반에서는 겨울철 특작으로 딸기를 많이 재배한다. 열매를 딸 임시가 되면 때깔이 좋으라고 약을 치는 이들이 있다. 심지어는 표면에다 에나멜 성분을 발라 반지르르 윤을 내기까지 하는 부도덕한 재배자들도 있다. 그래야 겉보기가 좋아서 상품성이 높아지기 때문이다. 그에 반해 유기농 과채는 볼품이 없다. 볼품이 없다 보니 자연 상품성도 떨어진다. 하지만 이 벌레 먹은 먹을거리가 몸에는 이로운 것이야 두말하면 잔소리다.

몇 해 전, 오랜만에 동기회 연말 송년회 자리에서 친구 K를 만났었다. 얼굴에 자르르 윤기가 흘러 보였다. 돈이 붙으면 얼굴에서부터 표가 난다더니, 그새 돈깨나 벌었는가 보다 싶었다.

그와 나는 그간의 안부를 묻고 서로의 근황에 대해 이야기를 나누었다. 그는 종업원이 서른 명 남짓 되는 중소기업체를 경영하고 있다고 했다. 나는 그의 성취가 은근히 부러웠다. 수십 년 세월을 글 나부랭이나 긁적이며 살아온 나로선 그의 오늘이 결코 다가갈 수 없는 아득한 세계처럼 보였다. 나는 그의 번창을 빌고 그는 나의 문운을 빌며 우리는 그렇게 짧은 만남을 뒤로하고 헤어졌었다.

세월은 무심히 흘러갔다. 일상의 수레바퀴 돌리기에 겨를이 없어 K의 존재를 뇌리에서 거의 지워 가고 있었다. 그러던 어느 날이었다. 느닷없이 그의 죽음을 알리는 문자메시지가 날아든 것이다. 그가 뇌출혈로 쓰러져 말 한 마디 남기지 못하고 황망히 저세상으로 떠났다는 소식이었다.

그 비보를 전해 듣는 순간, 아! 역시 그랬었구나. 어쩐지 얼굴이 좋아 보인다 했더니, 돈이 사람을 그렇게 만들고 말았구나. 나는 몇 해 전의 그 기름기 번들거리던 그의 얼굴을 떠올리고는 깊은 탄식을 쏟아냈다.

사람은 돈이 있다 보면 으레 값비싼 육류를 즐겨 찾게 되고, 거기다가 혀의 즐거움을 뿌리치기 힘들어 과식을 일삼기 마련이다. 자연 얼굴에 기름기가 돌고, 기름기가 흐르니 겉으로는 얼굴이 좋아 보일 수밖에 없다. K의 좋아 보이던 얼굴에도, 모르는 사이에 죽음의 그림자가 드리워지고 있었던가 보다.

속담에는 보기 좋은 떡이 먹기도 좋다고 했지만, 사람한테는 보기 좋은 얼굴이 반드시 건강한 얼굴은 아닌 것 같다. 겉은 번지르르한데 속은 곯고 있는 누렁이 호박같이, 겉모습은 좋아 보여도 속은 골병이 들고 있는지도 모른다. 결국 돈이 들어서 오히려 건강을 망치는 꼴이 되기도 하는 셈이다.

얼굴 좋아 보인다는 말을 들을 때 누구든 괜히 기분이 올라간다. 칭찬은 고래도 춤추게 한다고 했거늘, 하물며 사람에게 있어서랴.

하지만 역설적이게도, 그 말이 오히려 욕이 될 수 있음을 반평생을 살아올 때까지 미처 몰랐다. 그것은 건강에 빨간불이 켜지고 있다는 위험신호이기 때문이다.

사람들은 항용 겉으로 번지르르하게 포장하는 말에 약하다. 때깔 좋은 과채가 몸에는 나쁘듯, 좋아 보이는 얼굴이 건강에는 해롭듯, 화려한 말 속에는 치명적인 독소가 숨어 있다. 듣기 좋은 사탕발림에 속아 몸을 버리고 재물을 날리며 인생을 그르치는 일이 우리네 삶터에서 얼마나 자주 일어나는가.

명심보감 정기편의 한 구절이 생각난다.

'나의 좋은 점만 말하는 사람은 나의 적이요 나의 나쁜 점을 지적해 주는 사람은 나의 스승이다.'

참으로 두고두고 세상살이의 지침으로 삼을 만한 가르침이 아닌가 한다.

현대인의 처세법

평소 뉴스 빼놓고 웬만해선 텔레비전 앞에 앉질 않는다. 텔레비전이란 것이, 보면 볼 때 그 때뿐, 나중에 가서 남는 게 없는 '공공의 적'이라는 어쭙잖은 소신 때문이다. 이런 내가 오늘은 무슨 바람이 불었는지 개그 프로에 넋을 놓고 있다.

텔레비전을 멀리하는 덕분에 얻는 것만큼이나 잃는 것도 적지 않다. 여럿이 모인 자리에서 세상 돌아가는 이야기에 뚱할 때가 다반사이다. 자연 우스개를 통한 생활의 지혜 같은 쪽에는 어두울 수밖에 없다.

일전의 일이다. 아침 밥상머리에서 아내가 느닷없이 질문 하나를 던져 왔다. 현대인이 성공할 수 있는 조건으로 뭐가 가장 중요한지 알고 있느냐는 거였다.

대답을 찾지 못해 머뭇머뭇 거리고 있으려니, "거 봐요"라면서 참 답답한 양반이라는 투로 자답을 한다. 자기도 텔레비전 명랑 프로를 보고 알았다면서 'ㄲ' 자가 들어가는 여섯 가지라고 일러준다. 그 여섯 가지란 곧 '꿈, 꾀, 깡, 끼, 꼴, 끈'이라는 것이다.

비록 우스갯소리일망정 듣고 보니 참 그럴 듯도 하겠다며 고개가 끄덕여진다. 물론 지역마다, 사람마다 정서나 가치관에 따라 조금씩은 다를 수야 있겠지만, 근본을 따지고 들자면 엇비슷하지 않을까 싶다.

처세의 방법도 시대 따라 바뀌는 것인가. 아시다시피 예전에는 지조며 절개 따위를 그 어떤 가치보다 으뜸으로 쳤다. 지조와 절개를 지키려다 목숨까지 잃는 일도 생겨났었다.

세상이 변하면서 요즘은 그런 것들을 들먹이고 나서면 19세기식이라고 콧방귀만 뀐다. 대신 수단 방법을 가리지 않고 남보다 앞서고 남보다 우위에 오르는 것을 지상 최대의 과제쯤으로 여긴다.

이러다 보니 가치 기준도 판이하게 달라져 버렸다. 물론 신언서판身言書判이라는 말도 있듯이, 예나 지금이나 생김새 곧

'꼴'이야 여전히 사람의 으뜸가는 평가 기준이 되고 있음은 부인할 수 없다. 하지만 나머지 다른 가치 관념은 세월 따라 변해 왔다. 고리타분하게 지조가 어떠니 정절이 어떠니 하다가는 어리석고 미련스러운 족속이라고 핀잔을 듣기 일쑤다.

대신 뭐라도 성공하려면 그쪽으로 한번 미쳐 봐야 된다고들 한다. 연전에 어느 작가가 낸 『불광불급不狂不及』이라는 책의 제목 역시 그런 뜻으로 읽힌다. 이것은 곧 '꿈'을 품고 그 꿈을 실현시키기 위해 '끼'를 발휘하여 '깡'으로 밀어붙여야 한다는 이야기다.

그렇다고 깡만 있어서 되는 것도 아니다. 깡만 갖고 무작정 덤벼들다가는 자칫 일을 그르칠 수 있다. 그래서 적당히 '꾀'를 부려야 하고, 거기에다 든든한 '끈'까지 뒷받침된다면 성공은 따 놓은 당상일 것이다.

사람이 이런 요소들을 두루 갖추기가 어디 만만한 일인가. 세상살이, 이래저래 참 어려운 과제다.

곽흥렬 郭興烈

경북 고령에서 태어났다. 어린 시절을 산과 들의 품에 안겨 자라다, 큰 고기는 큰물에서 놀아야 한다는 부모님의 지론을 좇아 열다섯 살에 대처로 나와 줄곧 서른 몇 해를 살았다.

경북대학교 국문학과와 같은 대학 대학원을 졸업하고 스무 남은 해 동안 대구 심인고, 경상고 등에서 국어 선생으로 학생들을 가르쳐 오다 2008년 늦은 가을 고향의 흙냄새, 풀냄새가 그리워 낙향하였다.

1991년 《수필문학》으로 문단에 나와 『가슴으로 주운 언어들』, 『삐삐 장구의 자기위안』, 『빛깔 연한 꽃이 향기가 짙다』 등의 수필집과 세태비평집 『사랑은 있어도 사랑이 없다』, 수필 쓰기 지침서 『곽흥렬의 명품 수필 쓰기를 위한 길라잡이』를 내었다.

교원문학상, 중봉 조헌문학상, 흑구문학상 젊은작가상, 한국동서문학 2012년 작품상을 수상하였으며 2012년도 아르코 문학창작기금을 수여 받았다. 한국문인협회, 대구문인협회, 대구수필가협회, 영남수필문학회 회원으로 활동하고 있다.

후학들을 기르는 데도 힘을 기울여, 경주 동리목월 문예창작대학과 대구문화방송 부설 문화강좌, 육군3사관학교, 그리고 대구 두류도서관, 경북 청도도서관 등에서 수필 창작 강의를 하면서 매일신문, 부산일보, 전북일보 등의 신춘문예와 평사리문학대상, 신라문학대상, 시흥문학상, 천강문학상, 공무원문예대전 등의 유수한 공모전에 제자들을 당선시키는 성과를 거두었다.

도서출판 북랜드의 편집주간, 계간 《문장》 편집장으로 일하면서 필생의 업으로 삼고 수필 창작에 열정을 쏟고 있다.

* e-mail : kwak-pogok@hanmail.net